UNTOUCHABLE UNBREAKABLE UNSTOPPABLE

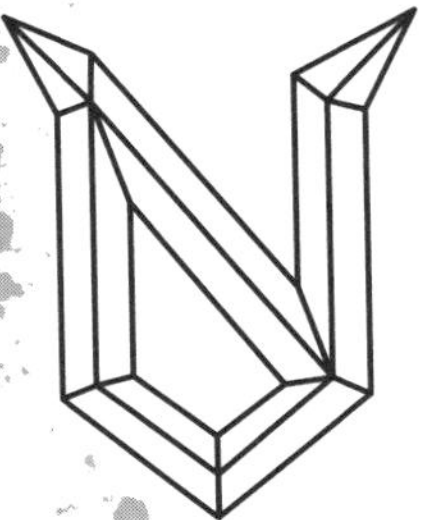

UNION
ユニオン

対未確認現象統制組織《たいみかくにんげんしょうとうせいそしき》

UMA《ユーマ》や未知《みち》の現象《げんしょう》を管理《かんり》する組織《そしき》。その中《なか》にある否定者《ひていしゃ》で構成《こうせい》された特殊《とくしゅ》チームにアンディと風子《ふうこ》は加入《かにゅう》した。地球《ちきゅう》に理《ルール》を課《か》す創造主《神》を倒《たお》すことを目指《めざ》している。

UNREPAIR UN 機密事項 UNBACK

UNCHASTE

UNDER
アンダー

それぞれが目的《もくてき》を持《も》ち、利害《りがい》の一致《いっち》のみで集《あつ》まった組織《そしき》。否定者《ひていしゃ》・古代遺物《アーティファクト》を集《あつ》めている。

UNDEAD UNLUCK

アンデッドアンラック

ロマンチックな否定者の休日

CONTENTS

アンデッドアンラック
ロマンチックな否定者の休日
戸《と》塚《づか》慶《よし》文《ふみ》
平《ひら》林《ばやし》佐《さ》和《わ》子《こ》
JUMP j BOOKS

UNDEAD UNLUCK

CHARACTER

UNLUCK

【不運《アンラック》】
風子《ふうこ》

触《ふ》れた者《もの》に不運《ふうん》を呼《よ》ぶアンラックの能力者《のうりょくしゃ》。長《なが》らく人《ひと》を遠《とお》ざけていたが、大好《だいす》きな漫画《まんが》が終了《しゅうりょう》したのを機《き》に死《し》を覚悟《かくご》した直後《ちょくご》、アンディと出会《であ》う。

UNDEAD

【不死《アンデッド》】
アンディ

不死《ふし》の体《からだ》を持《も》つアンデッドの能力者《のうりょくしゃ》。風子《ふうこ》の力《ちから》で"本当《ほんとう》の死《し》"を得《え》るため行動《こうどう》を共《とも》にする。体《からだ》の各部位《かくぶい》を自在《じざい》に超再生《ちょうさいせい》させる事《こと》により高《たか》い戦闘力《せんとうりょく》を持《も》つ。

STORY ストーリー

触《ふ》れた者《もの》に不運《ふうん》を呼《よ》び込《こ》む体質《たいしつ》から、一度《いちど》は死《し》を覚悟《かくご》した風子《ふうこ》。だが、不死《ふし》の体《からだ》を持《も》つ謎《なぞ》の男《おとこ》・アンディと出会《であ》い触《ふ》れ合《あ》うことで、生《い》きることに望《のぞ》みを持《も》つ。UMA《ユーマ》や未知《みち》の現象《げんしょう》を管理《かんり》する組織《そしき》の存在《そんざい》を知《し》った二人《ふたり》は、人数制限《にんずうせいげん》があったメンバーを倒《たお》し組織《ユニオン》に加入《かにゅう》。そこで組織《ユニオン》の存在理由《そんざいりゆう》―創造主《神》が押《お》し付《つ》けてくる課題《クエスト》のクリアと創造主《神》への反逆《はんぎゃく》を知《し》った二人《ふたり》は、課題《クエスト》に挑《いど》む合間《あいま》に、組織《ユニオン》のメンバーたちと様々《さまざま》な交流《こうりゅう》を持《も》つようになり、戦闘時《せんとうじ》にはみられない彼《かれ》らの素顔《すがお》をみることになる―――!?

Ep.001《エピソード》
だったら、俺《おれ》が付《つ》き合《あ》ってやるよ

ブラジル・リオデジャネイロにおける船上での不死【UNDEAD】たちとの戦闘により、不治【UNREPAIR】ことリップ＝トリスタンは、死にかけた。

しかし彼が籍《せき》を置くチーム、UNDER《アンダー》の持つ古代遺物《アーティファクト》のおかげで一命をとりとめることに成功する。ただし、その代償として彼は時を巻き戻されて、十歳ほどの少年の姿になってしまった。

死を免《まぬが》れたのだ。少年の姿になるぐらいは、リップにとってはおつりが来るほど安い対価であった。しかしまったく問題がないわけでなかった。

着る服がないのである。

チームUNDER《アンダー》は、ボスであるビリーの意思により、構成員の多くが大人だ。

おかげで子ども服を貸せる人材がいない。

かろうじて子ども姿のリップと背格好が近い、不貞【UNCHASTE】こと来栖《くるす》貞子《さだこ》が気を利《き》かせて持ってきてくれたものは、フリルがふんだんに使われているワンピースだった。持っている洋服がすべてその類《たぐい》で、その中でもシンプルなものを選んできたと聞き、リップはすぐさま決断した。

「ラトラ、服を買いに行くぞ」

「……でしょうね」

自室でくつろいでいたラトラは、やってきたリップがズルズルと袖《そで》と丈《たけ》の長い黒いYシャツに身を包んでいるのを見て、さもありなんと頷《うなず》いた。

「でも、私も行くの？」

「子どもひとりで買い物したら目立つだろ。それにこの姿じゃカードも使えない」

「ああ……。そうね」

リップがいつも利用しているのは、彼が医師時代に作ったクレジットカードだ。現金も持っているが、買い物をする国の貨幣に両替をする手間を考えるとカードのほうが便利である。そのカードを本人とはいえ、子どもが使おうとすれば、店からきっぱりと断られてしまうだろう。

「いいわ。私が選んであげる」

ラトラが言うと、リップは意外そうに眉を上げた。

「服ぐらい自分で選ぶさ。支払いだけしてくれれば、あとで体が元に戻ったときに利子つけて返す」

「いらないわよ、利子なんて。単に、アンタが選ぶ服が心配なだけ。昔からお金かけなさすぎなんだもの」

元がいいんだから少しは気を遣《つか》いなさいよ、と心の中でラトラは付け加える。

ラトラ＝ミラーとリップの付き合いは長い。それこそリップが実年齢で今の姿だったころからの付き合いになる。

ふたりは幼なじみだった。

そして本当はもうひとり、同じ時間を過ごした少女がいた。

少女の名前はライラ＝ミラー。ラトラの妹で、リップが愛した人。

彼女の止まった時間を取り戻すため、リップとラトラはUNDER《アンダー》の一員になった。

その目的を果たすまで死ぬことは許されない。ふたりの共通の願いだ。

ラトラはリップの足下《あしもと》に視線を落とした。

長いYシャツの裾《すそ》からは、重たげな金属の義足が見える。リップがライラを取り戻すために払った代償のひとつ、古代遺物《アーティファクト》・走刃脚《ブレードランナー》。リップは自《みずか》らの脚《あし》を切り落として装着している。

ラトラの胸の奥が、痛みを訴える。

――ライラも取り戻したい。でも、リップにこれ以上怪我《けが》なんてしてほしくない……。

だが、それがラトラの勝手な望みだということを、彼女は誰よりも知っていた。

座っていた椅子《いす》から立ち上がったラトラは少年の前にしゃがむと、Yシャツの裾を折り上げて長さを調整する。

「面倒でもちゃんと折っときなさいよ。踏んだりしたらあぶないわよ」

「わかってる。だからスラックスをはくのはやめといた。サイズが合わなすぎたからさ」

「以前は筋肉もあって、腰回りもしっかりあったものね……」

そこまで言って、ラトラははたと動きを止めた。

さりげなさを装い、つとめて冷静に、かなり意識的に、リップの顔だけを見るようにして、尋ねた。

「……下着ははいてるわよね？」

「サイズが合うと思う？」

リップがほがらかに答えた直後、ラトラの悲鳴が室内に響きわたり、リップは部屋から蹴《け》り出された。

買い物をするため、ＵＮＤＥＲ《アンダー》は一時的に上陸することになった。

上陸といっても港につくわけではない。アジトとして利用しているシャチ型ＵＭＡ《ユーマ》のカインを陸地近くに浮上させ、そこからは古代遺物《アーティファクト》を利用した乗り物で海上を移動して上陸するのだ。

買い物に行くならば自分も行きたいと言って、来栖と不出【ＵＮＢＡＣＫ】のバックスが一緒についてくることになった。

外出するにあたり、リップにはラトラのＴシャツとショートパンツを着せた。ベルトを使ってサイズを調整し、不格好ではあるが外出できる見た目にする。悩みの種だった下着については、ＵＮＤＥＲのひとり、不抜【ＵＮＤＲＡＷ】こと友才《ゆうさい》が打開策を提案してくれた。

「ふんどしを試してみては？」

なんでも彼女の国では長い布を下着として巻くらしいのだ。巻き方にこつが必要だったが、元から手先の器用なリップは彼女から一度手ほどきを受けただけで、難なくふんどしをマスターした。

「じゃあ、私はバニーとショッピングを楽しむから、ここで別れましょ！」

港町についたところで、来栖がバックスの手を握ってラトラとリップに言った。

「くるる？」

「なんでなのら？」

てっきり一緒に行くものだと思っていたラトラが不思議そうに来栖を見れば、手を握られたバックスも同じような顔で来栖を見ていた。どうやらバックスもいま知ったことらしい。

「ねーたまたちと一緒のほうが楽しいのら！」

ラトラを「ねーたま」と呼び慕っているバックスがぴょんぴょんと跳びはねながら反論する。しかし来栖はぎゅっとバックスを引っ張り、顔を寄せた。

「私とだって楽しめるわよ？　女の子同士、仲良くやりましょうよ。バニー、以前からそのウサギにつけるお目々がほしいって言ってたでしょ？　一緒に探してあげるわ。だから、一緒に行くのよ」

至近距離で有無を言わさぬような圧をかけて話す来栖だが、当のバックスはきょとんとするばかりだ。しかし「お目々」というワードを聞き、目を輝かせた。

「おめめ！　わーい、いっしょにさがすのら～！」

バックスはあふれる喜びにぴょんぴょんと跳びはねて、その場でくるくると回りだす。

そのたびにバックスが着ているきぐるみのウサギの耳が一緒に跳《は》ねた。脱ぐことのできないウサギの着ぐるみを、もう少しかわいくしたいとバックスが思っていたことを来栖は知っていたのである。

そしてそれを利用しようと考えたのだ。

「すてきなお目々を選んできて、リップたちを驚かせてあげましょうよ～？　どう？」

「そうするのら～！　びっくりさせたいのら！」

来栖はよしと頷くと、事の次第を見守るしかなかったラトラたちに、にこりと笑顔を向けた。

「というわけだから、別行動でいきましょ」

「うん、まぁ、いいけど。どっちみち買い物をはじめたら、別行動にはなるだろうし」

ラトラが言うと、リップも同意するように頭のうしろで手を組んだ。

「だな。お前らだって俺の買い物に付き合うのは面倒だろうし」

「それって、私には面倒かけてもいいみたいじゃない。誰がお金出すのか、わかってるのかしら、少年？」

「モチロンデスヨ、ラトラサン」

軽口をたたき合うラトラとリップに、来栖はにまにまと小悪魔的な笑《え》みを浮かべる。

再集合の時間と、なにかあったときの連絡のとり方だけを確認し、ふたつのふたり組は分かれることになった。

別れ際、来栖がラトラの袖を引いた。

「なに、くるる?」

来栖がなにか言いたげなのを察して、ラトラは身をかがめて来栖に耳を寄せる。

「そっちもデートを楽しんでね」

「!」

目を丸くするラトラに、来栖はアイドル時代に培《つちか》った必殺技のひとつ、とびっきりのウインクを放つとバックスと一緒に去って行った。

「くるる、なんだって?」

リップがラトラに尋ねる。

「別になんでも」

ラトラは苦笑して答えた。

来栖の気遣《きづか》いがくすぐったかった。リップとはそういう関係ではないのだが、いままでそれをきちんと説明したことはなかったな、と今更ながらに思い出す。

しかも子ども姿に戻ったことに気を取られていたが、リップと街を歩くなど久しぶりのことだ。デートと呼べるようなものではないが、昔のように何気ない時間を彼と過ごすのは、悪くはない。

「たまには、息抜きも必要よね」

ラトラは港町の海の香りを吸い込み、気持ちを切り替えるように大きく伸びをした。


ふたりはまずショッピングモールへ向かった。

子ども服を取り扱っている店で、まずは下着とジャージの上下を購入する。

タグを切ってもらい、フィッティングルームでリップが着替えていると、カーテン越しにラトラが話しかけてきた。

「ねぇ、これも着てみてよ」

そう言って、カーテンの下の隙間《すきま》から服を差し込んでくる。

動きやすそうなTシャツと細身のジーンズだった。

「ジャージを買ったんだから、もういらないんじゃないか」

「いるわよ！　洗い替えが必要でしょ」

「あ、そうか」

「サイズ見たいから、ひとまず着てみてよ」

ラトラに言われるまま、リップはTシャツとジーンズに着替えた。古代遺物《アーティファクト》・走刃脚《ブレードランナー》のせいで、タイトなジーンズがぱつんぱつんである。

「Tシャツはいいけど、ジーンズはやめたほうがよさそうだ」

フィッティングルームのカーテンを開け、姿を見せたリップが言った。

「そうね」

ラトラが鋭い視線でリップの全身をチェックする。そして両手に抱えた大量の服を素早くより分けはじめた。

「じゃあこれ系統は無理ってことね。次、こっちに着替えて」

その多すぎる服に目を奪われていたリップに、ラトラは選別に選別を重ねた服を渡し、呆然《ぼうぜん》とする少年の体をくるりと反転させて、シャッとカーテンを閉めた。

流れるような動きでフィッティングルームに押し込まれたリップは、よくわからないままに渡された服装に着替える。

それを幾度となく繰り返したあと、ラトラは言った。

「完璧《かんぺき》ね」

満足げに微笑《ほほえ》む彼女が選んだのは、シンプルながらも着回しがしやすいTシャツ三枚、動きやすさと肌触《はだざわ》りが抜群のハーフパンツ二枚、両足の走刃脚《ブレードランナー》を隠しても不自然に見えないスラックス二本、暑さ寒さに対応できるジャケット一枚、羽織り物として欠かせないパーカー一枚であった。

「あれだけ着替えてこれだけ……？」

着替え疲れをしたリップがげんなりとして言う。

「あのね、むしろあれだけ着替えてここまで絞ったのはすごいことよ？　またいつ買い物に来られるかわからないし、必要最低限で着回しに最適なものを選び抜いたんだから」

会計を済ませたラトラが、ムッとしながら商品の入った紙袋を手に持つ。

だが、すぐにその表情がやわらかいものに変わる。

「どうした？」

「ん……。昔を思い出していたの。ライラが私に服を選んでくれたことがあって。あの子ったら、『お姉ちゃんに似合う服を見つける』って勢い込んで店中の服を吟味したの。着替えるたびに、『お姉ちゃん、似合ってる』って喜んでくれたわ」

ラトラが懐かしむように目を細め、思い出を抱きしめるように微笑む。その様子にリップも「そうか」と優しく言い、少しだけ寂《さび》しげな瞳を前髪に隠した。

ラトラ提案による〝むしろ走刃脚《ブレードランナー》をファッションとして見せる服装〟にあらためて着替えたリップは、彼女と共にショッピングモールを後にした。

来栖とバックスとの待ち合わせの時刻まで時間はある。

他愛《たわい》もない話をしながら、街中を歩いていると居心地のよさそうなオープンテラスのあるカフェを見つけた。

「ちょっと休んでいきましょうよ」

ラトラの提案にリップがすぐに頷く。

テラス席に案内してもらい、街中を望むようにしてふたりは並んで座る。オーダーを取りに来た店員にラトラがコーヒーを頼むと、リップも「俺も」と続けた。

店員が立ち去ったあとで、ラトラが尋ねる。

「小さくなっても味覚は変わらないの？」

「変わらないな。強《し》いて言えば、体格が変わったから体力面は前と違うかな」

「そう……」

ラトラがふと視線を落とす。その横顔にリップがふと目を細めた。

「また元の体に戻れるらしいし、心配しなくていいよ」

「してないわよ」

「してくれてもいいんだよ？」

ニッと笑うリップを、ラトラは忌々《いまいま》しげに睨《にら》む。

長年一緒にいるせいか、ちょっとしたことでこちらの感情を察知してしまうのだ、この男は。そして心配させまいとして、わざとおちょくったり、なにも言わずに無理をしたりする。それがまたラトラを心配させるのだが、やはりひょうひょうとした態度ではぐらかす。それが彼なりの優しさだということもわかっているので、ラトラは歯がゆく思いながらも、素直ではない反応を返してしまうのだ。

運ばれてきたコーヒーを飲んでいると、リップが神妙な顔で言った。

「ラトラも服を買ったほうがいいんじゃないか？」

「別に私はいま必要を感じないけど？」

「でも、少し太ったろ？」

「!?」

「胸回り、きつそうだぞ。カインの中だからって運動するの怠《おこた》ってたんじゃ……ってえ!?」

リップの言葉は最後まで続かなかった。ラトラが無言でリップの尻の肉をつまんでねじったのだ。

「なにすんだよ、ラトラッ」

「せっかく生き直せるんだから、デリカシーを覚えなさいよっ」

ラトラはふんっとリップから視線を外《はず》す。

おちょくってくるのは彼なりの優しさではなく、単に性格が悪いからではとなかば本気で思いかけたとき、視界に不思議なものが侵入してきた。

車が行き交う車道の空を、まっすぐに横断する小さくも優雅な姿。

滑空しやすいように折られたそれは、空気をゆるやかに裂くようにしてこちらへと向かってくる。

「紙飛行機……？」

ラトラがつぶやく。

白い紙で折られた紙飛行機が、車道に面するこのカフェに向かって飛んできていた。

ラトラのつぶやきでリップも紙飛行機の存在に気づいたようで、思わず目で追う。

優雅に飛んできた紙飛行機であったが、カフェの手前で車の風圧にあおられ、車道へと戻されそうになった。

「あ……！」

ラトラが思わず声を漏らす。

するとリップが立ち上がって走り、紙飛行機を素早くキャッチした。

「なんで紙飛行機が……？」

リップは手に入れたそれを観察するようにひっくり返す。一見したところ、白いコピー用紙を折っただけのなんの変哲もないものに見えた。確認するために折り目を開いたところで、リップの目が軽く見開かれる。

「ねぇ、その紙飛行機、あそこから来たんじゃない？」

隣に来たラトラが、リップには目を向けずに道路の向こう側を指さした。リップは視線を紙飛行機から道の向こう側の建物へ移動する。

そこには大きな白い建物が建っていた。いくつも規則的に並んだ窓の中のひとつが、こちらの視線を遮《さえぎ》るようにカーテンを閉めた。

「あそこって……」

リップの確認をとるような問いかけに、ラトラが頷く。

「ええ、病院ね」

少女にとって毎日は繰り返しの連続だった。

一日を過ごす場所は病院のベッドの上か、自宅のベッドの上かの違いだけで、安静にしていることには変わりない。

代《か》わり映《ば》えのない一日の連続。家族は「かわいそう」と建前上言っているらしいけれど、健康に恵まれたことを〝普通〟ととらえる人たちが、この平穏の大切さをわかることはないだろう。

けれど。

もしも、なにかいつもと違うことが起こるなら、小さなすてきなことであってほしい。

そう思って、毎朝見るニュースの占いコーナーで紹介されるラッキーグッズは気にするようにしていた。

今日のラッキーグッズは、紙飛行機。

看護師さんに紙をもらって、折り方を教わった。

「遠くまで飛ぶと、とても気持ちいいのよ」

看護師さんの言葉に、気まぐれがおきた。

「これが遠くまで飛んだら……」

かすかな期待を乗せて紙飛行機を、病室の窓から飛ばした。

——それがまさか、あんなことになるとは。

少女は掛け布団を頭からかぶり、逃げ出したい気持ちに耐えていた。

紙飛行機は風に乗り、よく飛んだ。

たしかによく飛ぶ姿は、見ていて気持ちがよかった。

しかし何事も限度というものがある。紙飛行機はぐんぐん飛んで、あれよあれよという間に、病院の前の道路を越え、さらには向かいのカフェのほうまで向かってしまったのだ。

そして運の悪いことにカフェのお客に拾われてしまった。紙飛行機を拾った子どもがこちらを、病院にいる自分を見たような気がしたので、慌《あわ》てて窓のカーテンを閉めたが、気づかれてしまっただろうか。

ひそかな遊びが見つかってしまい、いたたまれない気持ちでいっぱいだ。

ラッキーグッズだと信じていたのに、とんだアンラッキーグッズである。

紙飛行機を見て感じたさわやかさはすっかり消え、もうあの占いを信じるのはやめようかな、とうじと考えていたときだった。

部屋の扉が開き、コツコツ……と聞き慣れない靴音が近づいてきた。

少女の病室は個室なので、入ってくる人はいつも限られている。

新しい看護師さんかな。でも、そんな話は聞いていないけど。

とはいえ、看護師さんならばなにか用があるに違いないと、かぶっていた布団をそろそろと下ろした。

「あ、よかった。寝ていたわけじゃなかったのね」

「え……!?」

少女は目を丸くした。

てっきり看護師だと思っていたのに、そこにいたのは十年間の人生において、最上級と言っていいほどの美女だったのだ。

ライダースジャケットを着た、すらりとした黒髪の美女は手にあの紙飛行機を持っていた。

お向かいのカフェにいた人だ！

美女に見とれてほてっていた顔が、一瞬で青ざめるのが自分でもわかった。

「あ、あ……ご、ごめんなさい……！」

少女は震える声で謝り、頭をさげた。

きっと紙飛行機を飛ばしたことを説教しに来たのだ。本当にあのラッキーグッズはアンラッキーグッズ確定だ。占いなんてもう信じない、信じるなんてよそう……！

少女が頭の中でぐるぐる考えていると、美女の戸惑った声が聞こえた。

「ライラ……？　ライラ、なの……？」

少女は不思議に思って顔を上げる。

黒髪の美女は目を見開き、固まったように自分を見ていた。

「あの……ライラじゃないです。私はチェーン＝カイエデナ」

「チェーン……？」

「はい、えっと、これ……」

少女――チェーンは自分の腕を見せた。そこには入院するときに巻かれたタグがあり、自分の名前とバーコードが印刷されているのだ。

美女はタグの文字に指をそわせ、一字一字確かめるように読んでいく。

「チェーン＝カイエデナ……。本当ね。ごめんなさい、どことなく雰囲気が似ていて、人違いをしてしまったわ」

「ライラという人とですか？」

チェーンが尋ねると、黒髪の美女は一瞬さびしげに目を細めたが、すぐににこりと微笑んだ。

「ええ，私の大事な人」

美女は名前をラトラと名乗った。

紙飛行機を持ってきたのは、説教するつもりはなく、単に持ち主に返したかっただけらしい。

ラトラは聞き上手だった。

これまであまり話し相手がいなかったせいで会話に自信のないチェーンの話にも、絶妙な相づちと質問を挟んでくれて、スムーズに進めてくれる。

おかげで短時間のうちに、毎朝占いコーナーを見ていること、そのラッキーグッズを意識していること、今日のラッキーグッズは紙飛行機だったことを、チェーンはすっかり話してしまっていた。

「今日のラッキーグッズは本当にラッキーを運んでくれるものだったのかも」

チェーンはラトラが持ってきた紙飛行機を両手に乗せた。

「でも、叱《しか》られると思ったんでしょう?」

ベッド脇の椅子に座ったラトラがからかうように言うので、チェーンは照れたように笑う。

「最初だけですよ。でも、おかげでラトラさんとおしゃべりできたもの。今日は……いい日だった」

「私も……チェーンと会えてうれしい」

ラトラが目を細めて、懐かしむように微笑んだ。

「ほんとに!?」

「ええ。その占いコーナー、信用できるわね」

「ラトラが言うなら、そうなのかもしれないな」

新たな声に、チェーンは声の主を探して顔を巡らせた。

病室の入り口に少年が立っていた。

年齢は自分と同じくらいだろう。長い前髪で右目を隠しているが、あらわになっている左目が鋭さと自信をたたえて、ひどく印象的だ。不思議なブーツを履《は》き、口元に不敵な笑みを浮かべた少年はこちらへと近づいてきて、当然のようにラトラに並んだ。

短い人生の中で出会った最上級の美女がラトラであるならば、この少年は最上級の美少年だった。

なにより、自分の憧れる〝あの人〟にどことなく似ている気がする。

思わず見とれてしまうチェーンに少年は尋ねた。

「アンタが、チェーン＝カイエデナ？」

「は、はい……！」

「ふーん……」

少年はじろじろとチェーンを見てくる。

「え、あの、なにか……？」

「紙飛行機を捕まえたの、俺なんだよね」

言われてチェーンはハッとした。たしかに紙飛行機がカフェに達したとき、それをキャッチした人影は小さかった。遠目だったので背格好ぐらいしかわからなかったが、言われてみればこの少年だったような気もする。

「あ、す、すみませんっ、ぶつかりそうになって……」

「別に平気だったけど。次は気をつけるよーに。な？」

ニッと口の端を上げて少年が笑う。笑うと眼差《まなざ》しの鋭さがやわらぎ、チェーンはまたも見とれてしまった。

「ちょっとリップ。ちゃんと挨拶《あいさつ》ぐらいしなさいよ。レディに対して失礼でしょ」

「レディって年齢か、これが」

「『これ』とか言わないの！　いまのアンタと同じくらいの年齢じゃない！」

　リップと呼ばれた少年とラトラが言い争う。その口調から慣れ親しんだ雰囲気が伝わってきて、チェーンの口から思わず本音が漏れた。

「いいなぁ……」

「え……？」

　知らず知らずのうちにつぶやいた言葉がラトラたちには聞こえていたらしい。ラトラとリップが口論をやめてこちらを見る。チェーンはぱっと口を手で隠し、照れ隠しに笑みを浮かべた。

「ごめんなさい、変なことを言って……」

「ううん。こっちこそ病室なのにうるさくしてごめんなさい」

「そろそろ検診だろ。俺たちはもう行くよ」

　ラトラが謝るのに続けてリップが言い、さっさと病室の扉へと歩いて行く。

「ちょっとリップ!?　待ってよ」

　慌てたようにラトラが言い、急いで立ち上がって後を追う。

　立ち去るふたりの背を見て、チェーンの胸に寂しさが広がった。

　また会いたいな。

そんな想《おも》いが芽生えるが、未来の約束は怖くてできないので、想いの芽は早めに摘《つ》み取《と》っておき、心の底に沈めておく。

「えっと……チェーン。お大事に」

先に廊下へと消えたリップを気にした様子で、扉の前でラトラが振り返って言った。

「はい、ありがとうございます。ラトラさんたちもお元気で」

チェーンも心を込めて礼を言い、頭をさげた。

ラトラたちと入れ替わるようにして、担当医師が検診にやってきた。時間ぴったりに現れるのも、ルーティンと化した検査がはじまるのも、今日という日が昨日とさして変わらないことを教えてくれた。

チェーンのラッキーはこれで終わりのようだ。

けれど、それでいい。

小さなラッキーぐらいがちょうどいいのだ。幸せを感じはじめたら、きっと期待を生んでしまうから。

それでもやはり、少しラッキーの余韻《よいん》に浸《ひた》ってしまったようだ。

「その漫画、とってもおもしろいんだね」

点滴の片付けに来た看護師に言われて、チェーンは目を瞬《しばたた》いた。

医師の検診のあと、いつもどおりに点滴を打たれた。その間は横になるか、漫画を読んで過ごすのが常だ。

これまで看護師が漫画のことに触れることなんてなかったのに、今日にかぎってどうしたのだろう。

チェーンが不思議そうに看護師を見ると、看護師はにこにこと笑って漫画を指さした。

「だってチェーンちゃん、ずーっと同じページを見ているから」

「え……！」

チェーンは改めて、手元の漫画を見る。

開いているのはお気に入りの少女漫画『君に伝われ《トゥユーフロムミー》』。

その中でもチェーンのお気に入りのシーン——主人公の元に突然現れた少年が、主人公を強引にデートへと連れ出すところ——のページが、がっつりと開かれていた。

看護師が漫画のページを見て、「あら」と目を丸くした。

「この男の子、かっこいい～」

「そうなんです、かっこいいんです！」

チェーンが興奮してこくこくと頷く。

「強引で、ぶっきらぼうで、俺様気質だけど、実はすごく優しくてそこがまたよくて……！」

名作少女漫画『君に伝われ』は登場人物が魅力的なことでも有名だが、その中でもチェーンの一推しなのが、この〝彼〟である。

はじめて読んだときから憧れの存在だった。

彼の言動、彼の活躍、彼の葛藤《かっとう》に何度も心を奪われてきた。

もしも彼みたいな人が本当にいたら……とこっそり空想もしていた。

そして驚くべきことに、そんな〝彼〟にリップはそっくりなのだ。漫画の中の〝彼〟はもう少し大人だが、右目を前髪で隠していることや、どこか素《そ》っ気《け》ない話し方などがとてもよく似ている。まさかリアルの世界で、憧れている人のそっくりさんに会えるとは思わず、ついつい漫画を読み返してしまった。

「わかるわかる、ちょっと粗野な男の子って魅力的だよね。チェーンちゃんも、こんなふうにデートに連れ出してほしいんじゃない？」

「えっ……あ、そうですね。でも、私じゃ難しいから……」

そっと本を閉じ、うつむいたチェーンの声から急激に熱が失われていく。

デートにはもちろん憧れているが、いろいろと難しいことは明白だ。

「チェーンちゃん……」

看護師の気遣う声が聞こえ、チェーンは心配をかけてはいけないと作り笑いを浮かべて顔を上げた。

「デートは憧れるけど、相手がいないとできないから」

「だったら、俺が付き合ってやるよ」

チェーンは大きく目を見開いた。

いつからそこにいたのだろうか。

病室の扉に寄りかかり、不敵に笑うリップの姿がそこにはあったのだ。


それからの動きはめまぐるしかった。

瞬《また》く間に主治医から外出の許可を取られ、チェーンはあれよあれよという間に外出着に着替えさせられ、そして車椅子に乗せられて、気づけば病院を後にしていた。

チェーンはなかば呆然としながら、車椅子を押すラトラに振り向いた。

「ラトラさん、どうやって先生の許可を取ったんですか？」

「許可を取ったのは俺だって」

チェーンの隣を歩くリップが言った。

「リップさんが？　子どもなのにどうやって先生を説得したの？」

「ぷっ！」

「笑うな、ラトラ」

「だって……くくっ」

笑いを堪《こら》えるラトラをリップがじろりと睨み、ふんと口元をゆがめる。

「……俺の知り合いに天才外科医がいる。そいつが、養生《ようじょう》のためにも少し外出させたほうがいいって、お前の主治医に電話でアドバイスしたんだ」

「そうなんだ……！　リップさん、すごい人と知り合いなんだね」

「ひゅぐっ！」

「だから笑うなラトラ」

「ごめん……っ」

チェーンにはラトラの笑いのツボがさっぱりだ。しまいには笑いを堪えすぎてラトラが変なしゃっくりをしてしまっている。不思議そうに見上げるチェーンに、横からリップが「気にしなくていい」と言う。

「あと、俺のことはリップさんじゃなくて、呼び捨てでいいから」

「いいの？　会ったばかりなのに……？」

「デートをするなら、それなりの呼び方が必要だろ」

「!!」

さらりと言われ、チェーンの頬《ほお》に朱《しゅ》がさす。

「へー……。リップ、そういうふうに口説《くど》くんだ？　ふーん……」

ラトラがニヤニヤしつつリップを見ると、リップはことさらにっこりと笑顔を作った。

「ここから先は若者の時間だから、帰ってもいいんだよ。ラトラおねーちゃん」

わざと『若者』を強く主張するあたりに、彼なりの皮肉が込められていた。

しかしラトラも引くことはない。

「いいえ、同行するわ。勉強漬《づ》けだったリップのデートなんて、あぶなっかしいもの。せっかくのチェーンの初デートは、楽しいものにしてほしいし」

「勉強漬けはお前も一緒だったろ、ラトラ」

「アンタよりは要領よく、社会勉強もしていました」

「へー……」

ラトラもリップも口元に笑みを浮かべつつも、交わる視線はいまにも火花を放ちそうだ、と車椅子の上でチェーンは思った。

「なによ、試してみる?」

「いいよ。──チェーン」

「はいっ!」

なにやら雲行きが怪しいと思い、オロオロしていたところに名前を呼ばれて、チェーンはビクッとして背筋《せすじ》を伸ばした。

「これから俺とラトラがお前をデートスポットに連れ出す」

「どっちが楽しかったか、あとでちゃんとジャッジしてちょうだい」

デートって競い合うものだったかな?

チェーンは頭の中で、デートの唯一のサンプルである『君に伝われ』を光速で読み返したが、そのような記載は見当たらなかった。

しかし、すでに闘志を燃やしているふたりに、反対できるはずもなく……。

チェーンは静かに「はい」と頷いた。


数十回のあいこの末に勝利したラトラが、まずはチェーンをエスコートすることになった。

「デートといえば、身だしなみが気になるでしょ。きれいにしに行きましょ」

ラトラがそう言って連れてきてくれたのは、高級サロンだった。

「体に負担がかからないように、ゆったりとした椅子でカットして」

ラトラが店員に注文すると、カットコーナーがすぐさま模様替えされ、鏡の前にふかふかのソファが用意された。

「いいんですか……こんな……」

豪華な雰囲気に恐縮するチェーンにラトラが笑いかける。

「いいのよ。楽しみに来たのに、疲れてしまったら意味がないでしょ。さ、座って座って」

ラトラに促《うなが》され、チェーンはソファに座る。

「髪型はどうなさいますか？」

鏡越しに店員に聞かれて、チェーンは固まってしまった。いままで髪はいつも看護師さんか、病院の美容室でカットしてもらっていたので、なりたい髪型なんて考えたことがなかった。

迷ったチェーンの視線の先に、離れたところで見守ってくれるラトラの姿が目に入った。

「ラトラさん。私、ラトラさんみたいな髪型にしてもいいですか？」

「え……」

ラトラが小さく息をのんだ。一瞬、反応できずにいるラトラの代わりに、隣に立っていたリップが言った。

「いいんじゃないか。ラトラより似合うぜ、きっと」

「……どういう意味よ」

ラトラがいつもの調子でリップに反論する。そしてひとつ深呼吸をすると、チェーンににこりと笑いかけた。

「チェーンがこの髪型を気に入ったのなら、嬉《うれ》しいわ。あなたにも、似合うと思う」

「ありがとうございます！」

チェーンが礼を言うと、カット担当も了解したらしく、すぐに散髪がはじまった。

それを待っていたかのように、次々と別の店員が近づいてくる。

「肌色に合わせると、洋服はパステルカラーがよさそうですね」

「足下にアクセントを置きましょう。少しだけヒールの靴に挑戦しませんか？」

「アクセサリーはゴールドベースがお似合いになりそうですね。ピアスは空けてらっしゃらない？　ではイヤリングでいくつかお持ちします」

店員がいれかわりたちかわり提案をし、品物を持ってくる。

その情報量の多さにチェーンは目を回しそうになるが、今度はすぐにラトラがやってきてくれた。

「そのワンピースよさそうね。体を締め付けなくていいわ。こっちのイヤリングはもっとこぶりなのを。もう少し大人っぽいものもお願い」

てきぱきと判断し、指示する姿をチェーンは尊敬の眼差しで見つめた。

「あ、ありがとうございます、ラトラさん」

「いいのよ。私もつい楽しくて、いろいろ盛り込みすぎちゃった。ごめんね」

「い、いえ……でも……どうしてこんなに、よくしてくれるんですか？」

チェーンはずっと不思議だった。

久しぶりに誰かと出かけられるのが嬉しくて甘えてしまったが、よくよく考えれば奇妙なことだ。

偶然出会った相手にこんなに親切にする理由が、思い浮かばない。

どきどきしながらラトラを見ると、彼女は目を細めてこちらを見ていた。

ラトラは腰を落とし、チェーンをのぞき込むようにして言った。

「私の妹に、あなたはどことなく似ているの。……あの子の笑顔が好きだった。いつも優しくて、一緒にいるだけで幸せを感じていた。だからあの子と雰囲気のよく似ているあなたが、どこか寂しげな顔をしているのが放っておけなかったの」

「それだけで……？」

「そう。でもね、私にとっては、とても大事なこと。あなたが悲しむと、あの子が悲しんでいるように思えちゃうから。勝手な都合だけど、よかったら付き合って」

チェーンは気づく。細められたラトラの瞳が、どことなく懐かしむような色をしていることに。

「ラトラさん、私に妹さんの代わりができますか……？」

「あ、誤解しないで。代わりをしてほしいわけじゃないの。あなたに笑顔でいてほしいだけ。まぁ、戸惑うのもわかるわ」

ラトラは苦笑し、なにかを思い出すように自分の髪飾りに触れた。針葉樹の葉を扇形に並べたような金色の髪飾りは、ラトラにとても似合っていて、彼女をより気高い存在に感じさせる。

「正直なところ、他にもいろいろあってね。最近、身のまわりが殺伐《さつばつ》としているから、かわいい女の子を着飾らせて、私もリフレッシュしたいというのも大きいかな？」

ラトラが片目をつぶってみせて、ふふっといたずらっぽく笑う。

そこにはチェーンの気持ちを上向かせようという気遣いが感じられた。

「なんかそれ、孫を着飾らせたいおばあちゃんみたいな発言だな」

「おだまり、リップ」

リップの横やりに、ラトラの声が一転して鋭くなる。

「俺の服も散々選んでおいて、まだ選び足りないのかよ？」

「男ものと女ものを選ぶんじゃ、テンションが変わってくるのは当たり前でしょう？　しかもチェーンとアンタじゃ、中身が雲泥《うんでい》の差で選び甲斐《がい》に天と地もの差があるわ」

またもはじまった口論を、チェーンは微笑ましく聞いた。

はじめは聞くだけでオロオロしていた口論だが、このふたりにとってはもはや日常会話のひとつであると気づけば、さほど驚くことはない、
大人のラトラに対して、一歩も引けをとらないリップに感心しているうちに、チェーンのカットと着替えがすべて完了した。

鏡の前に立ったチェーンは自分の姿に衝撃を受けた。

「これが……わたし？」

「ええ！　とてもよく似合ってるわ」

ラトラが満足げに言う。

　チェーンは髪をボブ丈《たけ》に切りそろえ、アイボリーのニットのフレアワンピースに刺繍《ししゅう》が施《ほどこ》されたカーディガン。そして、ニットの差し色としてふさわしいヴィヴィッドカラーのパンプスを履《は》いていた。

　耳元にしずく型の金色のイヤリングをつけて、少しだけ大人びた印象を与えている。

「どうリップ？　かわいいと思わない？」

　ラトラはリップに感想を求めた。サロンの隅のソファに座り、雑誌を眺めていたリップは顔も上げずに答える。

「ラトラの見立てだろ、似合ってるに決まっている」

　ラトラはムッとして腰に手をあてた。

「そういうのはいいから、見なさいよ」

「ラトラさん、私は別に……」

　無理に感想を求めるのも気恥ずかしくて、チェーンはさりげなく気にしないと伝えようとしたが、リップはすぐにソファから腰を浮かした。

　そのまま、チェーンの前まで来ると上から下までさらりと見て、言った。

「うん、いいんじゃないか。イヤリングもよく似合ってる」

「あ、ありがとう……！」

はじめて同じ年頃の異性から褒《ほ》められ、チェーンの胸がとくんと高鳴る。

「この店はこれで終わり？　俺のターンに移行していいの？」

「ええ、お手並み拝見といこうかしら？」

ラトラが挑発するように言うと、リップはふんと笑い、チェーンの前に跪《ひざまず》いた。

リップはそのまま少女の片手を取る。

そのあまりにも様になっている仕草に固まっていると、あらわになっている左目がまっすぐにチェーンを見つめた。

「では、デートに出かけましょうか、お嬢さん」

優しく包み込むような声に、チェーンは指先が甘くしびれるのをはじめて体験した。


サロンを出た三人は、あたたかな日差しが照らす街をゆっくりと歩いた。

チェーンのきれいに切りそろえられた髪が、やわらかく風に揺れる。

「身なりを整えるだけで、こんなに気分が変わるものなんですね」

しみじみと言うと、車椅子を押していたラトラが「そうでしょう」と嬉しそうに答えた。

「せっかくのデートだもの。いつもより少しだけ違う自分を味わうのもいいわよね」

「そうですね。……少しだけなら」

チェーンが控えめにはにかむ。

その隣を歩きながら、リップはメモ用紙に視線を落として言った。

「じゃあまずは……ナイトプールか」

「は？」

思わず聞き返したラトラに、リップが不思議そうに振り向く。

「ん？　まだ時間は早いが、沈む夕日に照らされるプールは悪くないだろ？」

「リップ、それ本気で言ってる？」

「常に本気を出さない奴《やつ》は、一生本気を出さない奴だ」

「つまり、本気でそう言っているのね……」

やれやれとラトラが額《ひたい》に手をあてる。

「一応、言っておくと、アンタがサロンで熱心に読んでいた雑誌は、ターゲット層がセレブリティよ。あの雑誌を参考にしてデートプランを立てたなら、十代の若者はついていけないから」

「…………」

リップが静かに、ゆっくりと、まばたきをする。

そして持っていたメモをぐしゃっと握りつぶすと、スッとパーカーのポケットにしまった。

「……さて。次はどこに行きたい？」

さわやかな笑顔で、リップがチェーンに尋ねる。どうやら自分でプランを立てることは放棄《ほうき》したようだ。華麗なる切り替えの早さだった。

「本人にデートプランを立てさせるのは、野暮じゃない？」

「これはチェーンのデートだ。他人が願望を押しつけるより、本人の希望にそったほうが、楽しめるはずだ」

ラトラの意見に、リップがさらりと異論を唱《とな》える。

「チェーンはどんなデートがしたい？」

リップがのぞき込むようにして尋ねてきた。

思わぬ至近距離に、チェーンは顔を赤くする。

「え、えっと……じゃあ、まずはどこかカフェに入ってみたいな」

恋愛のバイブル『君に伝われ』でも、チェーンの大好きな〝彼〟と主人公は一緒にカフェに入り、コーヒーを飲んでいた。

仲睦《なかむつ》まじくコーヒーをふたりが飲むシーンは、憧れのシチュエーションでもあった。

「カフェか……。たしかサロンに来るときに一軒あったな」

「もしかして曲がり角にあった店？　落ち着いた雰囲気の」

リップとラトラがすぐに相談をはじめる。ふたりの意見がたやすくまとまりそうなので、チェーンは慌てて言った。

「あ、あの……でも私、車椅子だから……」

どこのエリアでもバリアフリーが推進されてきてはいるが、カフェとなると通路の狭さなどがあり、迷惑をかけることが多い。

せっかく決めてもらっても、入れないのではふたりに申し訳ない。

そう思っていたのだが。

「大丈夫。見たところ、入り口も広かったし、段差もなかった。店内も車椅子で旋回できるスペースもあったから、チェーンも入れるわ」

気にしていた点をすらすらと答えられ、チェーンは目を丸くする。

「そんなところまで見ていたんですか……？」

ずいぶん前のことになるが、家族と出かけたさいは車椅子では入れない店がたくさんあって苦労した。普通の人たちはよくても自分には難しいことが多いのだと思い知らされたものだ。

なのに、リップたちは車椅子であることを前提にして考え、お店を選んでいる。

驚くチェーンにラトラがふふっと笑いかけた。

「もう癖になってるのよ。店を見るとき、車椅子で入れるかどうか。……妹も車椅子だったから」

「そうだったんですね……」

会話の中で断片的に語られるラトラの妹。自分と似た雰囲気で、車椅子を使っていたという共通点。その妹はいまどうしているのか、実はとても気になっている。

けれど、妹について語るラトラが懐かしげだったということを考えると、嫌《いや》な予感がしてしまい、聞くに聞けないのだ。

悶々《もんもん》とした考えが表情に出ていたのだろう。リップからの視線を感じたチェーンが首を巡らせて彼を見ると、片目を隠した少年は声を出さずに口元だけを動かして見せた。

「？」

わけがわからずにいるチェーンに、リップはもう一度ゆっくりと口を動かして見せる。

そしてようやく理解した意味に、少女はかぁぁぁっと頬を染めた。

リップが繰り返し伝えてきた言葉は、

『お前はお前だよ』

という内容だったのだ。

短いフレーズなのに、チェーンの不安が雪のように溶けて消えていく。

心の不安を見透かされていたことと、それをたった一言で拭《ぬぐ》ってしまわれたことが、嬉しくもあり恥ずかしくもあり、少女は車椅子の中で思わず顔を覆って身を小さくした。

「どうかした、チェーン？」

チェーンの変化に気づいたラトラが不思議そうに声をかける。

返事ができずにいるチェーンに代わってリップが答えた。

「カフェが待ち遠しいんじゃないか？　早く行こう。デートの時間を無駄にできない」

「そうね」

車椅子を押されながら、チェーンは今日このときばかりは車椅子であることに感謝した。

きっとそうでなかったら、腰から砕けて立っていられなかったに違いない。


リップとラトラが見つけたカフェは、オーク材をふんだんに使ったクラシックな雰囲気のあるカフェだった。

店内はテーブル同士の距離が広くとられ、車椅子でも楽に移動できた。

オレンジ色のライトが間接照明として使われ、優しい明かりと影を共存させている。

はじめて入ったカフェにチェーンはドキドキしながらメニューを開き、固まった。

「コーヒーって……いっぱい種類があるんですね……」

豆の種類からはじまり、焙煎《ばいせん》方法、淹《い》れ方……。コーヒーをひとつ選ぶにも目移りしてしまう。いや、目移りするにも豆の種類の違いがわからないので、どう選んでいいかさっぱりだ。

その上、コーヒーと名のつく飲み物が他にいくつかあるのだ。ウィンナーコーヒーとあるが、これはウィンナーがのっているものだろうか。いやまさか。そんなことがあるわけがない。ではいったいコーヒーとなにが違うのだろう……？

チェーンは悶々としながらメニューを睨んだ。

「決まったか？」

リップがチェーンの睨み付けているメニューをひょいとのぞき込む。

「え、あ、えっと……！」

またもや至近距離の美貌《びぼう》にドキドキしながら、チェーンは正直に告白した。

「コーヒーを頼みたいんだけど……種類がありすぎて」

「カフェオレとかのほうが飲みやすいんじゃないか？　コーヒーはお子様には苦《にが》いだろ」

自分だって私と同じくらいのお子様なのに。チェーンは思わずムッとするが、「カフェオレ」という飲み物が何であるかを理解しているあたり、自分より経験値は高いようなので反論はできない。

「でも、コーヒーが飲んでみたいの。せっかくカフェに来たんだし」

「ふーん……。じゃあ、ブルマンにしたら。ラトラは？」

リップは隣の席をうかがう。

「私も同じのにするわ」

「ん」

リップは小さく頷くと店員を呼んだ。

「ブルマンをふたつと、フルーツジュースひとつ」

「え!?」

リップのオーダーにラトラとチェーンが驚きの声をあげた。

店員はきょとんとするが、リップが「気にするな」というように大人さながらに手を振るので、一礼をして去って行った。

すかさずラトラがリップに身を乗り出して尋ねる。

「フルーツジュースってどうしたの!?　珍しいもの頼むのね」

「たまにはな」

リップはこともなげに言ったが、その理由はすぐに判明した。

「苦い……！」

運ばれてきたコーヒーを一口飲んで、チェーンは眉間《みけん》に盛大な皺《しわ》を寄せた。

漫画のシーンではおいしそうに飲んでいたのに、この苦さではとても笑顔で話す気にはなれない。

口の両端をさげて渋さを口から逃がそうとしていると、ラトラが苦笑しつつもコップに入った水を差し出してくれた。

「はじめてだもの、仕方ないわ」

「水より、こっちのほうがいい」

そう言って、リップが自分のフルーツジュースをチェーンの前に置いた。

「え……？」

「口はつけていないから。ほら」

驚くチェーンの目の前で、リップはストローを紙袋から取り出し、ジュースのグラスに差す。

「そうね、お水よりジュースのほうが口にはいいかもね」

ラトラがふふっと笑い、差し出していたグラスをテーブルに戻した。

「い、いただきます……」

チェーンはフルーツジュースのグラスを両手に持ち、そっとストローを吸った。

甘い液体が舌先を撫《な》で、苦みでいっぱいだった口の中を優しく癒やしてくれるようだ。

「おいしい……！」

ストローから口を離し、ため息をつくように言うと、リップがフッと笑った。

「せっかくカフェに来たんだ。苦い思い出だけじゃデートが台なしだろ」

口の端を上げただけの笑みに、目を奪われる。

チェーンはそっと胸に手をあてた。

胸が締め付けられるように感じるのは、きっと心臓が弱いせいではないだろう。

喉《のど》を潤《うるお》したあとは、おしゃべりに花が咲いた。

そこで腕を見せたのがリップであった。

一見無口に見えた彼であったが、蓋《ふた》を開けてみると話題が豊富で、チェーンの様子を見ながら話題を変えていき、テーブルに笑いが絶えることはなかった。

「リップは本当にいろんなことを知っているね。私と同い年とは思えないくらい」

チェーンが尊敬の眼差しでリップを見ると、彼はフッと人を食ったように笑った。

「実は見た目は子どもでも、中身は大人なんだ。一回死んでよみがえってね」

「ふふふっ、リップでもジョークを言うことがあるんだね！」

「そうねー、なかなかおもしろいジョークだわー……」

「ラトラさん？　どうかしました？」

どこか遠い目をするラトラを心配して尋ねると、彼女は「ううん、なんでもないのよー」と言って、コーヒーを飲み干した。

「チェーン、次にしたいことはあるか？」

チェーンのグラスも空《から》になりかけているのを見たリップが尋ねる。

「したいこと……」

チェーンの脳裏に『君伝《ユーミー》』のとあるシーンが思い浮かんだ。

自分にはきっと訪れないと思っていた夢のようなシチュエーションだ。

けれど、すぐさま考えを振り払うように頭を振る。お願いするには、あまりにも無理難題すぎた。

「その仕草は……なにか思いあたるものがあるな？」

リップがテーブルに肘《ひじ》をつき、身を乗り出してチェーンを見る。

「え、あ、でも……」

「チェーン、遠慮しないで。なんなら、デートのなんたるかも知らないリップにいろいろ教えてあげる意味でも話してみてよ」

「おい」

リップがじとっと睨むが、口を挟んだラトラは涼しい顔だ。

「それにあなたがどんなデートを夢見てるのか、私も興味があるわ。プランだけ聞かせてくれない？　ね？」

ラトラが両手を合わせてかわいらしく言うので、チェーンは照れつつもつい口を開いた。

「デートプランというほどのものじゃないんですけど……実は彼氏の試合に応援に行くのが憧れなんです……！」

「彼氏の試合……？」

予想外の内容にラトラとリップは一気に真顔になる。

「試合って……スポーツとかの？」

尋ねるラトラに、チェーンは「はいっ」と元気よく返事をした。

「大好きな漫画の中に『宇宙サッカー部襲来編』というエピソードがあって」

「宇宙サッカー部襲来編……!?」

「はい。宇宙から来たサッカー部と試合をするんです。すごく手に汗握る展開で、見所満載で、何度も読み返しました！」

「……まさか、その宇宙サッカー部？　になってほしいってこと？」

ラトラがごくりと喉を鳴らす。ちらりと横目でリップを見ると、リップもこれまでに見たことのないほどの真顔をしている。

「いえ、宇宙サッカー部は敵なので、そっちではないです」

「そう……よかった」

ラトラはほっと息をはいた。リップが同意をするようにこくこくと頷いているのが視界の隅に見えた。

そしてその様子はもちろんチェーンの視界にも入っていた。

「……なんて、冗談です」

「え？」

思わず聞き返すラトラに、チェーンは照れ笑いを浮かべた。

「彼氏の試合の観戦なんていきなり無茶すぎですよね。変な話をしてごめんなさい。えーっと、他のデートプランだと……」

やっぱり言わなきゃよかったかな。嫌な雰囲気になってないといいけど……。そんなことを思いながら、チェーンは『君伝』の他の思い出のシーンを思い出そうと脳をフル回転させた。憧れの〝彼〟とのデートシーンは再現させてもらったので、その他のデートプランで試合の応援以外となると、候補が絞りきれない。

静かに唸りながら頭を悩ませていると突然、リップが立ち上がった。

どうしたのだろうと見上げるチェーンに、目の奥に静かな闘志を燃やした少年は言った。

「やってやるさ、それぐらい」


カフェを出た三人は、まずはスポーツ用品店へ向かった。サッカーボールを購入するためである。ラトラが大急ぎで調べたところ、近くに子どもが遊べるように整地された広場があり、そこには小型のサッカーゴールがあるらしいのだ。ボールがあれば、サッカーができる。

「要はゴールを決めて、お前にVサインをすればいいんだろ？　なにも難しくないじゃないか」

リップはボールを片手に不敵に笑った。ちなみに〝ゴールを決めて好きな相手にVサイン〟というのは、『宇宙サッカー部襲来編』ラスト近くに登場する、チェーン一推しシーンの再現である。

「待ってリップ。チェーンは応援もしたいんだから、ゴールを決める前まではそれなりの時間、ドリブルが必要なんじゃない？」

ラトラの指摘に、リップが「なるほど……」と頷く。

「じゃあ俺は、広場をドリブルで走り回るから、チェーンは気が済むまで応援してくれ。それで気が済んだら、俺に合図するんだ。ゴールを決めてフィニッシュする」

「うん……！　がんばって応援するね……！」

「がんばるのは俺のほうだと思うけどな」

歩きながらプランを相談しているうちに、三人は広場へとたどり着いた。

そろそろ日が傾きはじめる。こんな時刻なので人は少ないだろうと予想していたのだが、遊んでいる子どもたちの姿は多く、目的のゴールも利用されていた。

「どうする？　ゴールが空くのを待つ？」

ラトラが腕組みをして、子どもたちのサッカーを遠巻きに見つめた。

見たところ、時間制限を設けてゲームをしているふうではない。つまり、終わる時間は読めない。

「時間もないし……仕方ない。いや、ある意味では好都合か……」

リップはそう言うと、たたた……とサッカーをする子どもたちの元へと走って行った。

そしてラトラとチェーンが見守る先で、子どものひとりに話しかける。子どもはリップの話を聞くとすぐに他の子どもたちに向かって叫んだ。

「こいつもやりたいってー。いいよなー?」

子どもの問いかけに、ボールを追いかけていた子どもたちから、「わかったー」「いいよー」といった返事が次々と聞こえる。

リップは、今度はチェーンたちに向けて手を振って叫んだ。

「じゃあ、そういうことだから！　応援よろしくな」

「え、リップ、待って……!?」

チェーンが驚いて止めようとするが、リップは子どもたちと一緒になってボールを追いかけはじめた。

リップにとって広場でサッカーをするなど数年ぶりの体験だ。その上、慣れない子ども姿のため、力加減も、足のリーチの長さもいつもと違って、うまくいかない。

その不慣れ具合が、チェーンの目には絶妙に「サッカーが苦手だけど、奮闘する少年」の姿に映っていた。

おかげでリップを応援するチェーンの声に自然と熱が込められた。

「リップ！　そこ！　がんばれ！　いけるよ！」

そしてそれはラトラにとっても同じだったようで、

「ああ〜〜っ！　もっと走りなさいよ！　ボールに追いついてないわよ！」

チェーンが応援する隣で、ラトラの声援にも力が入っていた。

サッカーをする子どもたちの中には、プレイが上手な子も多かった。その子たちと競り合い、リップがボールの主導権を得るのは実に大変なことだった。

それでもついにリップがゴールを決めたとき、チェーンは心からの歓声をあげた。

リップがあがった息を整える間もなくこちらを振り向く。

「チェーン！」

満面の笑顔でVサインを決める。勝利を捧げるVサインだ。

チェーンは胸が締め付けられた。

夢みたい。こんなステキなことが起こるなんて……。

チェーンは生まれてはじめて幸福感で全身を包まれた。

だが、すぐに心の奥から警鐘を鳴らす声が聞こえた。

――これじゃ〝今日〟は〝昨日〟と同じとはもう言えないよ？

気づいてしまった事実に、ひんやりとした暗い想いがまるで靄《もや》のように体に絡みつき、体温と共に幸福感を奪い去っていく。

憧れのデートに浮かれてしまい、大事なことを忘れていた……。

車椅子の上でうつむいたチェーンはぐっと唇を噛《か》みしめた。

「どうしたの？　疲れた？」

頭の上からラトラの気遣う声が聞こえた。チェーンは否定するように首を振る。

うつむいた視界に、夕焼けによって伸びた影が入ってくる。

「そろそろ終わりの時間だな」

影の主、リップが優しく語りかけてくる。チェーンはなにも答えられず、黙っていた。

「じゃあ最後の仕上げに行くか。お前に見せたいものがある」

「え……？」

なんだろう、とそろそろと顔を上げると、リップがこちらを見ていた。

片目がやさしく細められる。

「デートの最後はロマンチックじゃないと」

その澄んだ瞳は、どこまでも静かだった。


デートの最後に、とリップが向かったのは、街のはずれにある高台だった。

ゆるやかな坂道を少し長く感じるほどのぼった先の高台からは街並みを見下ろすことができた。

時刻はまさに宵闇《よいやみ》。

沈んだ太陽の残滓《ざんし》が、世界を淡い青色に染め上げている。

街の家々には灯りがともり、宵闇の中で輝く宝石のように見える。

「きれい……」

公園の展望台から街を見下ろしたチェーンは、思わずつぶやいた。

車椅子の隣に立ったリップは、展望台の柵《さく》に両手をつき、街を見遣《みや》る。

「あの灯りは全部、夜を乗り越えるためのものだ。そして明日の朝を迎える」

「……そう、だろうね」

チェーンの声は暗かった。

リップは振り向き、柵に腰掛けた。

「今日は楽しかった？」

「………うん」

長い沈黙のあと答えたチェーンにリップは小さく頷く。

車椅子を押していたラトラが小さく「よかった」とつぶやくのが聞こえた。

「よく、ないです……」

チェーンが低い、地を這《は》うような声で言った。

ラトラが息をのむ。

リップは相変わらず柵に腰掛けたまま言った。すべてをわかっているように、平然と。

「今日が終わるのが怖いんだな。明日がどんな日かわからなくて」

そう言ってパーカーから取り出したのは、こっそり病室から持ってきたらしい紙飛行機だ。

「それ……！」

「これはお前の本当の願いなんだろ？」

リップは手元の紙飛行機をするすると元の一枚の紙に戻す。

折り目のついた紙の内側には、走り書きでこう書かれていた。

『あしたが来ませんように』


紙飛行機を開いてみたのは、気まぐれだった。

ラトラとふたりでカフェにいたとき、偶然にも捕まえた紙飛行機。

そこに書かれていた〝願い〟は、奇妙なものだった。

『あしたが来ませんように』というのは、一言でいえばネガティブな願いだ。

それが病院から飛ばされてきたとわかり、興味がわいた。

明日を望まないということは、治療を望んでいない患者だということだ。

ラトラには「紙飛行機を返しに行こう」とだけ伝え、病院に向かった。

カフェから見た窓の位置から病室を推測するのは、病院勤務も経験していたリップにはたやすいことだった。どの病院もだいたいの構造は似ている。

病院につくと、紙飛行機はラトラに任せ、自分は患者の情報を集めることにした。

電子カルテは厳重にロックされているが、人の口に戸は立てられない。

しかも幸いなことに、調べたかった患者——チェーンが自分と同じくらいの年齢ということがまずわかったので、あとはお見舞いに来た友人を装って話を集める。

そこでわかったことは、チェーン＝カイエデナが自分たちのライラと同じように心臓が弱く、入退院を繰り返していること。そして大きく違うことといえば、彼女の家族はもはや彼女を見捨てていること。

「なにそれ！　家族が見捨ててるってどういうこと!?」

チェーンに飛行機を返したあとのこと。

病室を出て談話室に移動してから、調べたことをラトラに話すと、案《あん》の定《じょう》彼女は自分のことのように怒った。

「さぁな。子どもに愛情を注《そそ》がない家族なんて、珍しくないさ」

リップはラトラの気持ちを落ち着かせようと、つとめて冷静に言った。事実、自分が医師として治療にあたってきた患者にも、似たような境遇の人は少なくない。とはいえ、憤《いきどお》りを感じないわけではないのだが、目の前に代わりに怒ってくれる人がいると、少しだけ救われた気持ちになり、かえって冷静になれる。

「病院の入院費や治療費はちゃんと払ってるそうだから、まだいいほうだ」

「でも！　あの子はまだ十歳で……！」

ラトラが唇を嚙む。

彼女の考えていることはよくわかる。元々、悪役になりきれない彼女のことだ。妹と同じような病気を抱えていることもあり、余計に情がわいているのだろう。

だから、彼女がなにを言うかはすぐに想像できた。

「あの子に、なにかしてあげられないかな……」

予想を裏切らない言葉に、リップは深く息をはいた。

「……バニーたちとの合流までまだ時間がある。そばにいるぐらいはできるんじゃないか」

「……いいの？」

「悪かったらこんなこと言わないよ。たしかにどこか似ている子が沈んでいるのは気になるしな」

リップの提案に、ラトラは「そうね」と笑顔で頷いた。

そのときはまだ、「一緒におしゃべりするぐらいかな」と思っていたが、まさかデートをすることになるとは。

同じ症例の患者ということもあり、チェーン＝カイエデナの担当医師とは以前学会で会ったことがあった。それを利用し、電話で外出許可を取るのに苦労はしなかった。

否《いな》。変声期前の声に戻ってしまっていたので、必死に低い声を出すのに苦労し、その姿を見たラトラは必死になって笑いを堪えていた。

ともあれ、どうにか外出の機会は得られたのだ。

リップはチェーン＝カイエデナと一緒の時間を過ごしながら、彼女を観察した。

『あしたが来ませんように』という願いは何を意味するのか。

調べたところ、直近で大きな手術が予定されているわけではないらしい。

つまり、手術などが怖くて特定の〝あした〟を恐れているわけではないようだ。

となると、考えられるのは言葉どおりの意味――あしたが来るのが怖い。

リップが見てきた患者にも同じように考える人たちがいた。

今日は生きられたが、明日はどうなるかわからない。

いまはよくても、未来は症状が悪化するかもしれない。

ならばこのまま変化のない日を繰り返したい。

変わらない〝いま〟に佇《たたず》んでいたい。

長期にわたる治療や、治療法が確立していないとき、その不安に囚《とら》われてしまう気持ちもわかる。

だが、患者が『治る未来』を信じてくれなくては、なにもはじまらない。

だから未来に希望は必要だ。楽しい時間を過ごし、またいつかそんな時間を過ごしたいという希望を、チェーン＝カイエデナにも持ってほしかった。

ライラと似た雰囲気の少女には、最期《さいご》まで笑顔でいてほしい。

たとえ自分たちが見捨てるこの世界でも、終わりを迎えるその瞬間までなにも知らずに笑顔で――。

それがいかに自分勝手なエゴか、リップは理解している。


展望台で紙飛行機を見せられた少女のこわばった顔を、リップは寂しく見つめた。

昼間、あんなに楽しげだった子が、そんな表情を見せるなんて。

「ラッキーグッズに思わず願をかけるほど怖かったんだな。でも、怖がり続けて生きるのは苦しいだろう？　生きていれば、今日みたいな日が来る。だから……」

「そんなの、残酷だよ……！」

チェーンがリップを睨む。

「期待したら、裏切られる……！　それがどれだけ苦しいか、健康な人にはわからない！　私は期待したくない！　もう裏切られたくない！」

大きな幸せを知ってしまうと、それがもう得られないことを自覚してしまうから怖い。

だから、感じる幸せは少しだけでいい。少しだけのラッキーなら、昨日と同じ一日だと思えるはずだから。

「楽しいって知りたくなかった！　憧れなんて持たなければよかった！」

チェーンの目から涙があふれる。

わかっている。今日は最高にすてきなデートだった。でも、今日の思い出を支えに、〝あした〟生きていく強さが、チェーンにはなかった。

「変わらなくてよかったの……昨日と同じ今日！　変わっちゃいけなかった!!」

ドンッ!!

「きゃぁ!?」

とっさのことにラトラはなにが起きたのか理解できなかった。

チェーンが叫んだと思ったら、不可解な音が響き、それと同時に自分は地面に倒れていた。

いや、強い力で誰かに突き飛ばされた。そんなことができるのは……。

「リップ!?」

顔を上げて元いた場所を見る。

そこにあったのは車椅子に乗ったチェーンと、そのうしろで固まったように動けないリップの姿だった。おそらく何らかの異変を感じたリップがラトラを避難させようと、古代遺物《アーティファクト》で瞬間的に加速して突き飛ばしたのだ。

「リップ!!」

ラトラは慌てて駆け寄ろうとして、弾《はじ》かれた。

「今度はなに!?」

ラトラは見つめる。

自分はいま、リップに向かって走った。だが、なにもないはずの場所にまるで壁が現れたかのように、進めない。まるで空気の壁だ。

探るようにラトラは目の前の空間に手を伸ばす。そこにはたしかに目に見えない壁があった。しかも、それは徐々に押し返してくるようにこちらへと迫ってくる。

「どういうこと……!?」

ラトラはリップを見て、さらに目をむいた。

リップが体をこわばらせたまま、水中で溺《おぼ》れた人のように、空気を求めるように口をわななかせている。それでも苦しげな目がラトラをとらえると、次いで力を振り絞るようにして車椅子のほうへと向いた。

車椅子の少女は微動だにしないでいる。

「チェーン！　大丈夫なの!?」

ラトラの呼び声に、チェーンが顔を巡らせる。

よかった、チェーンは動けるのね。と、ほっとするラトラだったが、その顔を見た瞬間、息をのんだ。

車椅子の少女は涙を流しながら、牙《きば》をむくように顔をゆがめ、ギロリとラトラを睨んだのだ。

「変えないで……！　変えないで変えないで変えないで！　何も変えないでよ！」

直後、片手で触れていた見えない壁が、ぞわりと震えた。

とっさに後方へとステップバックし、手を突き出す。すぐさま空気の壁を感じ、見えない障壁がその範囲を広げたのがわかった。

ラトラはすぐさまバックスたちへ緊急ＳＯＳを発信した。

「否定者と交戦中！　援護を！」

状況からいって間違いない。チェーンは否定能力に目覚めたのだ。

だが、何の能力なのかがわからない。

リップの動きを止めていることから、他対象なのは確かだ。しかも拘束《こうそく》型。

自分の能力とは、相性が悪すぎた。

「でも、諦めるわけにはいかないのよ……！」

リップはキッとチェーンを見つめ、観察する。なにか少しでもきっかけがあれば、わかるかもしれない。

おそらくチェーンは興奮状態にあるのだろう。だから周囲に異変が起きても気づけないでいるようだ。

問題はリップだ。

体が動けないまま、さきほどよりさらに顔を青ざめさせている。

――つまり、呼吸ができていないってこと？

ラトラの頭の中でピースがつながった。

「ねーたま！」

頭上にバックスの声が聞こえ、ラトラは見上げる。

「ねぇ！　これ以上進まないんだけど、どうういうこと!?」

ＳＯＳを聞いて大急ぎでやってきてくれたのだろう。ラトラが愛用する古代遺物《アーティファクト》のバイクに乗って空中で見えない壁に押し返されているのは、バックスと来栖だった。

「そこには空気の壁があって近づけないの！　相手は空気の変化を否定している！　能力は不変【ＵＮＣＨＡＮＧＥ】！」

「リップが苦しんでるのら！」

地上へ着陸したバイクからぴょーんとジャンプで降り立ったバックスが言った。

「急がないとリップが窒息死するわ！　前の不変の能力者も、能力発現時に誤って大量の人間を窒息死させたって資料で読んだことがあるの！」

ずいぶん昔の事件だが、そのときは四万人の被害者が出たとあった。今回はいまのところそれよりも規模が小さいのは、おそらく能力者の状態が普通ではないせいだろう。

「ええ!?　どうするのよ！　私たち、全員攻撃タイプじゃないよ!?」

来栖が両手の拳《こぶし》を顎《あご》にそえて狼狽《うろた》える。

「やることをやるだけよ。私に考えがあるわ」

「え？」

来栖とバックスがラトラを見る。

ラトラはすぐにバイクに乗ると、ハンドルを握った。

「くるる、うしろに乗って！　バニーは地上でバックアップを！」

「う、うん！」

「あいなのら！」

ラトラはうしろに来栖を乗せて、空中へと浮かんだ。

この作戦でうまくいくの？

迷いが一瞬生まれる。だが、ここで何もしないよりはましだ。

私たちは、ここで終わるわけにはいかないの。あの子のためにも――。

ラトラのハンドルを握る手に力が入った。大きく息を吸って、吐き、叫んだ。

「チェーン！　こっちを見なさい！　あなたが変わってしまった証拠を見せてあげる！」

声に反応し、チェーンの顔が上向く。

視線が交わった。ぞわりと空気が固まっていく気配がする。

「くるる、能力発動！」

「お、オッケー！」

ラトラの合図に、来栖はバイクの上に立つとふわりと左足を上げて折り曲げ、両手でハートを作る。

「愛は真心、恋は下心！」

来栖貞子の否定能力は不貞【ＵＮＣＨＡＳＴＥ】。

特定のポーズ・仕草をすることで能力を発動する。その能力は、見た者を虜《とりこ》にするが、自分に襲いかからせてしまう。

だが、逆に言えば自分だけに集中させることもできる、はずだ。

ラトラは仲間の能力に賭けた。

そして、チェーンの初恋にも。

ラトラがじっと見つめる先で、少女の目の色が、変わった。

奇妙な叫び声をあげて、チェーンが空中の来栖に向けて両手を伸ばした。

不変【ＵＮＣＨＡＮＧＥ】の能力は手のひらから発されると資料にはあった。おそらく周囲の空気を固めていた能力を解き、こちらの捕縛《ほばく》に意識を集中させるはず。

ラトラは自分が来栖の壁になるようバイクを操縦し、叫ぶ。

「バニー！　いまなら近づける！　その子を拘束して！　優しく！」

「あいなのら！」

直後、バイクが大きく揺れた。

「きゃぁぁぁ！」

来栖がラトラにしがみつく。どうやら不変の力がバイクごと掴《つか》んだようだ。

やっぱり拘束タイプとは相性が悪い。もっと離れておけばよかった……！

ラトラはほぞを噛む思いだが、もう遅い。押しつぶされそうな圧迫感を感じながら、ラトラは必死にバイクのハンドルを掴み、離れようとアクセルをふかす。

「くるる！　しっかりつかまって！」

「う、うん!!　でも、このままどうすれ……!?」

「ぐぅぅ!!」

ふたりの会話が不自然に止まる。見えない手に捕らえられてしまったのだ。

まずい……。ラトラの指が、ハンドルから離れそうになったとき。

「やったのらー!!」

バックスの声が響いて、ラトラたちを拘束していた見えない手が霧散した。

否定者になってしまった少女、チェーン＝カイエデナ。

彼女を保護することに決めたのは、UNDER《アンダー》のボス、ビリーだった。

ラトラたちから報告を受けたビリーは、カインからすぐに展望台へとやって来た。

ベンチに横たわったまま気を失っているチェーンを見て、ビリーが尋ねる。

「容態は？」

「元から心臓が弱い。だが、今回の能力の発動のせいで特に大きな負荷はかからなかったようだ。適切な手術を受ければ、命を長らえることはできるだろう」

リップが答える。

不変の拘束から解放されたリップが一番にしたことは、チェーンの診察だった。

「お前の知識があれば、それが可能か？」

「おそらくな。ただ、俺の言うとおりに手術できる熟練の医師はそうはいない」

「なるほど……」

ビリーは納得したように頷くと、同行したテラーに振り向いた。

「彼女は貴重な人材だ。丁重《ていちょう》にお迎えしろ。傷つけることなくカインへ」

「アイサー」

テラーが機械を通した声で返事をする。

チェーンの輸送が準備されるのを見ながら、来栖は深く息をついた。

「はぁ、疲れた……。早くベッドに入りたいから、テラーたちと先に戻るわ」

「ありがとね、くるる」

ラトラが声をかけると、来栖はにこっと笑った。

「たまには協力するのも悪くないわ。まぁ、せっかくのデートになにしてたんだって感じはするけどねー」

来栖が呆《あき》れたように言いながら、テラーたちの元へと歩いて行く。

ビリーたちが去り、展望台に残ったのはラトラ、リップ、バックスの三人だ。

「デートね……。結局、デートはしたわけよね」

ラトラは展望台から見下ろしながら、つぶやいた。

自分のエゴが、あの子を苦しめてしまった。

あの子の憧れを叶えるつもりが、変わらない毎日を過ごしたいという願いを、壊してしまった。

太陽は沈み、眼下の街に夜が訪れている。宝石のように散らばる灯りが少しだけ滲《にじ》んで見えた。

ふと、リップの言葉が思い出された。

『あの灯りは全部、夜を乗り越えるためのものだ。そして明日の朝を迎える』

この灯りの下に明日を心待ちにする人々がいる。いや、明日が来ることを当然と考える人々がいる。

けれど。

自分はその明日を否定したい。

新たな世界で、もう一度大切な人に会うために。

「ライラ……」

祈るようにその名前を口にする。

大切な笑顔と共に、あの少女の絶望した表情が思い出された。

「ねーたま?」

バックスが心配そうにラトラに寄り添う。

ラトラは微笑んで、バックスの頭を撫でた。

黙って景色を見ていたリップが、街の灯りに背を向けるようにして、歩きだす。

そしてラトラの背後を通ったとき、彼はぽんとその背中に触れた。

「降りるなら今だぞ」

背中に感じた一瞬のぬくもりに、ラトラは笑った。

「……まさか。願いまで否定させないわ」

そしてリップと並び、明日を待つ人々の灯りに背を向けて歩きだす。

いつか願いを叶えるまで、この人の隣を離れる気はないと心に誓って。

Ep.002《エピソード》
パジャマパーティぷぅ〜〜〜！

UNDER《アンダー》が保有するシャチ型UMA《ユーマ》・カイン。

大海原を自由に遊泳し、敵対関係にある組織《ユニオン》には決して所在地がバレない秘密のアジトである。

そのアジトの一角で今宵《こよい》、UNDER《アンダー》創設以来はじめての催しが執《と》り行われようとしていた。

「パジャマパーティぷぅ〜〜〜!」

不出【UNBACK】ことバックスが、もはや一心同体ともいえるウサギの着ぐるみの長い耳を揺らしながら、ぱーんっと景気のいい音をたてるクラッカーを鳴らした。

パーティに集まったのは、四名。

ラトラ＝ミラーを筆頭に、バックス、不貞【UNCHASTE】こと来栖《くるす》貞子《さだこ》、そして最近UNDER《アンダー》に加わった不運【UNLUCK】こと出雲《いずも》風子《ふうこ》である。

パジャマパーティというだけあって、参加者たちはみなパジャマ姿である。風子はふわふわモコモコ生地のフード付きのルームウェア。ラトラはガウンの下にナイトブラとイージーパンツ、来栖はレースをふんだんに使ったネグリジェ、そしてバックスはいつもの格好である。

「一度はやってみたかったのら〜！　ぷーこも一緒でうれしいのら〜！」

ご機嫌《きげん》なバックスの隣で、クラッカーの紙吹雪《かみふぶき》の洗礼を受けた風子は目をキラキラさせた。

「パジャマパーティ……！　『君伝《きみつた》』で読んで、ずっと憧れてたんだ〜！」

「ふーん……。よかったわね」

と、素《そ》っ気《け》なく言うのはラトラだ。

「はいっ！　ラトラさんが準備してくださったんですよね!?　バニーちゃんから聞きました！　ありがとうございます!!」

「べ、別にっ、これぐらいたいしたことないわ……！」

風子のまっすぐな感謝と尊敬のまなざしに、ラトラは照れて顔をそらし、誤魔化《ごまか》すように用意しておいた飲み物を口に含んだ。

ラトラが用意したのは、飲み物だけではない。パジャマパーティ用に空き部屋をひとつ見つけて瓦礫《がれき》を片付けたのも彼女である。さらには、パーティの参加者たちが気軽に座っておしゃべりしやすいようにと、座り心地と肌触りのいいカーペットを用意し、掃除をしても取りきれない埃《ほこり》っぽさを軽減させるために、アロマオイルも準備した。そしてもちろんベッドサイドのチェストの上には軽食と飲み物を豊富に用意し、最後の仕上げとして部屋の入り口には薄手のカーテンをかけて、パジャマパーティが邪魔されないようにとの配慮も忘れない。

おかげで、実は面倒見がいい彼女の性格が存分に表れた極めて快適なパジャマパーティ会場となっていた。

そんな居心地のいいベッドの上で、ひとりだけむぅと口をとがらせている者がいる。

来栖である。

「ラトラのセンスは認めるけど！　この状況はどうなのよ！」

「どうしたの、くるる」

「『どうした』じゃないわよ！　どうもこうもしまくりでしょ！　なんで普通にこの子も入ってるわけ!?」

ラトラに問われた来栖がキッと睨《にら》んだのは、もちろん風子のことである。

「この前、私たちの計画を組織《ユニオン》にバラしたのよ!?　裏切り者じゃない！」

来栖の指摘に、風子は申し訳なくなり身を小さくした。

風子がUNDER《アンダー》に来て三日目。UNDER《アンダー》のスプリング突入日を伝えるためにラトラ

「ずるいって……」

「『だけでしょ』ですませちゃうの!?　そんなの、なんか、ずるい！」

は、予想できていたことだし。それを私たちが防げなかった、というだけでしょ」

「そう目くじらを立てないの。風子がなんとかして組織《ユニオン》と連絡をとり合うだろうってこと

なだめるように撫《な》でた。

ぐぐぐ……と歯を食いしばる来栖に、ラトラは寄り添うように肩を寄せると、その頭を

った。

ニーちゃん……！」と目を潤《うる》ませ、バックスとガッツポーズを取り合って友情を確かめ合

バックスの返答に来栖がガクッとバランスを崩す。一方の風子は、感激した様子で「バ

「はぁ!?」

「バニーはぷーこを好きなのら！　だから気にしないのら！」

そんな風子にバックスがぎゅっと抱きついた。

てくれたビリーのほうが珍しいと、風子は思っていた。

り、むしろUNDER《アンダー》のボスでありながら、再び見張りをつけるだけの寛大な処置をとっ

それを裏切り行為だと言われたら、反論のしようがないのだ。来栖が怒るのも当然であ

や来栖たちの妨《さまた》げを突破し、組織《ユニオン》のアンディに連絡をとった。

ぷんっとそっぽを向く来栖に、ラトラはやれやれと苦笑する。

来栖のＵＮＤＥＲ《アンダー》に対する帰属意識はそこまで高いわけではない。なのにいろいろ言ってしまうのは、風子が自分の否定能力を回避したことが、気にくわないのだろう。

自分の否定能力を嫌いながらも、いざそれが通用しないことに不満を持つのは大きな矛《む》盾《じゅん》ではあるが、その状況下で風子の否定能力は発揮され、来栖の頭上に蛍光灯が落とされてしまったので、余計に腹が立つのかもしれない。

ラトラは心の中で小さくため息をついた。

バックスからパーティの相談を受けたとき、せっかくだからこれを機会に仲良く……まではいかなくても、風子と来栖の間にわだかまりのない状態にできたらと思ったのだが、甘い考えだったようだ。

簡単にはいかないわね……と思ったとき、ふとラトラの中で小さな疑問が芽生えた。

「くるる、だったらどうして来たの？」

「え？」

来栖がきょとんと聞き返す。

「パジャマパーティは、ＵＮＤＥＲ《アンダー》の女子全員を招待するって前もって言ってあったでしょ。風子が来るのはわかっていたことじゃない」

ちなみに、不抜【ＵＮＤＲＡＷ】の友才《ゆうさい》にも声をかけたが、早寝早起きをモットーとする彼女からは、丁重《ていちょう》に辞退の返事をもらっていた。

ラトラの質問に来栖は腰に手をあててぐっと胸を張った。

「そんなの決まってるじゃない！　パジャマパーティにこの絶対的アイドル・くるるが登場しないなんて！　みんなをがっかりさせたら悪いと思ったのよ！」

「ああ……そう、ね」

ゆるぎのない自信に圧倒され、ラトラは流されるままに頷《うなず》く。

だが、ＵＮＤＥＲ《アンダー》でも一、二を争う純真なふたりの反応は違った。

「くるるがパジャマパーティに来てくれて、うれしいのら〜！」

「うん！　来栖さんとってもかわいいから、いるだけでパジャマパーティの雰囲気がぐっとそれっぽくなるというか……。すごく絵になるよ！」

バックスと風子の心からの言葉に、来栖の頬《ほお》はゆるんだ。

「そ、そう……？　私、様になってる？」

「うん！　いま着てる甘めのネグリジェもとっても似合ってるし、まさにすてきな女の子っていうのを見せてもらっている気分だよ！」

「でしょ〜!?　やっぱりね〜！　私のセンスの良さとかわいさは隠そうと思っても、隠しきれないのよね～！」

「くるる、かわいさを隠そうなんて思ったことないでしょ」

と、ラトラが冷静に突っ込む。

むしろ、来栖が新しい洋服を買うたびに「どう、かわいい!?　かわいいでしょ!?」と聞いてくるあたり、積極的にかわいさをアピールしているとさえ思っている。

「うんうん、来栖さんのかわいさは隠したらもったいないと思うな！」

風子がにこにこと言うと、来栖は小さな胸を大きく張った。

「あなた、なかなか見所あるわね！　あなたも今日から私のファンと認めてあげるわ！」

ばーんっと狙い撃つかのように、ぴんっと人差し指と親指を立てた、いわゆるピストルの形を作った手を来栖は風子に向ける。

「ファンと交流するのもアイドルのお仕事だもの。風子、パジャマパーティ楽しんでいきなさい」

「うん、ありがとう。来栖さん！」

勝手にファン認定されてるけど、いいのかしら……とラトラは心の中で首をかしげるが、黙っていた。

そんなラトラの戸惑いも知らず、来栖と風子のおしゃべりは続く。

「これからは、『くるるちゃん』って呼んでもいいわ」

「いいの？　うわぁ、お友達をニックネームで呼ぶの、はじめて〜」

「ふふ、ファンのはじめてを奪うなんて、私も罪なアイドルよね」

いや、風子はくるるをアイドルというより友達として見ているのよ。それでいいの、くるる……とラトラは再び心の中で思うが、やはり今回も黙っておいた。

なにはともあれ、どんな形であろうとも風子と来栖が打ち解けたことには違いない。

当初の目的は達成できた、とラトラはひとり、笑《え》みを浮かべた。

あとは、乾杯でもしてパーティを開始させればいいかなと思っていたときだ。

「ぷーこ！　バニーだってニックネームなのら！　ニックネームを呼ぶなら、バニーのほうが先なのら！」

「あ、そうだったね。あれ、でも私、バニーちゃんの本当の名前、知らないかも……」

「だったらやっぱり、はじめてのニックネーム呼びは、この私ということになるわね！」

謎の対抗心を燃やしはじめたバックスと来栖が、ぬぬぬ……と睨み合う。

ラトラはやれやれと肩を落とすと、チェストにあったシャンパンボトルを手に取った。

「ラトラさん、どうしましょう……」

助けを求める風子の声を聞きながら、ラトラはシャンパンの封を切る。

ポンッという小気味のいい音が、乾杯のかわりにパーティの開始を告げた。


結果として、ラトラがシャンパンを開けたことは功を奏した。

コルクの音に来栖とバックスが気を取られ、ふたりの諍《いさか》いはうやむやになったのだ。

「ラトラが準備したシャンパンなら、おいしいに決まってるわ！」

来栖はそう言うと、シャンパンを早速一杯もらった。

「うーん、しあわせ～」

一口飲んで、来栖が満面の笑みを浮かべる。

「バニーはお料理が気になるのら！　ぷーこ、一緒に食べよ！」

「うん」

バックスと風子はラトラの用意してくれた料理に手を伸ばした。

サーモンとクリームチーズのカナッペ、一口サイズにカットされた野菜をガラスの器に盛ったサラダ、小皿に分けられたローストビーフ、アボカドディップとトルティーヤ……

そのどれもがおいしくて、風子とバックスは「おいしい！」「おいしいのら！」を幾度となく繰り返した。

その様子を見ながら、ラトラは満足そうにシャンパンをあおる。

お腹が満たされ、パーティの雰囲気も穏やか一色になったとき、おもむろに来栖が言いだした。

「ねぇ、パジャマパーティといえばさ、お決まりがもうひとつあるよね」

「そうなの？」

ラトラがシャンパンからワインに替わったグラスを飲み干して聞き返す。

バックスが「そうなのら？」と風子を見ると、風子は頬を紅潮させて来栖を見ていた。

「くるるちゃん、もしかして……！」

来栖はニヤリと笑う。

「そうよ、恋バナよ」

「やっぱり〜！　『君伝』で見たやつだ〜！」

風子が興奮して、座っているベッドをバシバシと叩《たた》く。

「私、『君伝』みたいに誰かと恋バナをするの、憧れてたんだ……！」

「ファンの夢と憧れを叶える。それがアイドル！」

「きゃ〜！　くるるちゃん、かっこいい！」

高速で拍手をする風子のいつにないテンションの高さに、もしかして風子は酔っているのでは、とラトラはさりげなく風子のグラスの中身を確認した。

もちろん風子のグラスにはジュースしか入っていない。

推《お》し作品への愛を発露してテンションがあがる人を見たことがなかったラトラにとって、風子の様子はかなり新鮮なものだった。

なるほど、素面《しらふ》でそういう反応なのね。よかったよかったうんうん、とすっかり保護者の気分になっているラトラは、ワインをグラスに注《つ》ぐ。

なにを隠そう、そんなラトラこそが、それなりに酔っていた。

ベッド脇に並ぶ空《から》のボトルもかなりの数になっている。その本数を見れば、ラトラのほうが心配されて当然の立場にあるのだが、もちろん本人はそんなことに気づくわけがない。

そして、酔っ払いと接触したことがない風子とバックス、ほろ酔い気分でいる来栖がそのことに気づくわけがなかった。

なのでラトラにしては珍しく、こんな言葉が出てくる。

「いいんじゃない、恋バナ。いろいろ聞きたいな」

いつものラトラなら恋愛関係のネタには、ふっと笑って、すっといなくなるのが常だ。

そんな彼女の珍しく乗り気な様子に、来栖が目を輝かせた。

「じゃあじゃあ、ラトラの話から聞かせてよ!?」

「それはパス」

「なんでよ！　ケチ～！」

口をとがらせる来栖に、ラトラはワインを片手に妖艶《ようえん》な笑みを浮かべる。

「大人の話は、フィナーレにとっておくものよ」

「きゃ～～！」

あまりにも様になっている姿に悲鳴をあげたのは、風子と来栖だ。

バックスはきょとんとするが、ふたりが楽しそうにしているので、「わーいなのら～」と両手を上げて喜びを表現した。

「じゃあ、まずはバニーから話すのら！」

「バニーちゃんの恋バナ!?　聞きたい聞きたい！」

風子が身を乗り出す。バックスは「えへん！」と胸を張って言った。

「バニーが恋してるのは、ラトラねーたまなのら！」

「もー、そういうのはいいって～……」

どことなく予想できていた発言に来栖は不満を漏らすが、次の瞬間、目を、見張った。

「ありがとう、バニー。嬉《うれ》しいわ」

ラトラの伸ばした指がバックスの顎《あご》をくいっと持ち上げ、まるで告白を返すように微笑《ほほえ》んだのだ。

繰り返して言うが、ラトラは酔っていた。

そして、それに誰も気づいていなかった。

「ねーたま、だいすき〜！」

「ええ、かわいいバニーが私も好きよ」

想《おも》いを確かめ合うふたりに、風子と来栖は口をおさえ、思わず目配せをし合った。

――うそうそ！　こんな近くで三角関係？　そんなそぶりなかったじゃない？　仲がいいなとは思っていたけど、こんなガチだとは思ってなかったし!!　うそ、やだ、バニーとリップのどっちを応援したらいいの!?　どうなの、風子！

――私は恋する人全員を推します！　それが『君伝』ガチ勢の心意気だから！

ふたりは目で熱く語り合う。

その間も、目の前ではバックスとラトラが甘い会話を繰り返していた。

もちろんバックスとしては、友情と憧れの対象としてラトラが好きなだけだし、ラトラもそれをわかった上で友情の感謝の気持ちを返しているだけである。

ただし、ラトラから圧倒的な色香が出てしまっているので、そのあたりが曲解されるのは致し方ない。

ラトラとバックスの甘い雰囲気（本人たちはまったくの無自覚）を見守っていた風子であったが、ふいに胸に一抹《いちまつ》の不安を覚えた。

——この流れで次に恋バナをするのって、きついですよね……？

風子が自分の不安を、目力で来栖に訴える。

来栖はごくり、と喉《のど》を鳴らした。

風子の言うとおり、早々に盛り上がりを見せた状況で、この熱を冷まさない恋バナをするのは勇気がいる。

けれど……と来栖は思う。

けれど人には、時として負けるわけにはいかない戦いがあるのだ。

来栖は拳《こぶし》を握り、腹をくくった。

そんな来栖もほろ酔いだったことは言うまでもない。


「次、私が恋バナするわ！」

来栖が手を上げて宣言した。

「くるるちゃん……！」

風子は思わず両手を組み合わせ、祈るように来栖を見る。

この状況に挑もうとする来栖の姿に感動したのだ。

「くるるの恋バナ、気になるわね」

ラトラがにこりと微笑む。

その色香オーラに来栖は「うっ」と一瞬ひるむ。

しかし来栖はすでに腹をくくったのだ。

セクシーに対抗できるのは、ピュアなキュートのみ。

すなわち、キュートなアイドルである自分こそが勝負できるのだと、彼女のアイドル魂は激しく燃え上がっていた。

来栖はベッドの上に立ち上がると、こほんと咳《せき》をして喉の調子を確認する。

そして胸に手をあて、厳《おごそ》かに口を開いた。

「私の恋人は……！」

恋人、という言葉に風子が思わず両手で口元をおさえた。

そんなデリケートなことを話してくれるなんて、と風子は感動を覚える。もちろん恋バナがテーマなので、話題の中であがる単語としては至極全《まっと》うではあるのだが、恋バナ初体験の風子には刺激の強い単語だった。

——そんなそんな、聞いちゃっていいの!?

風子は期待に胸をドキドキさせながら、来栖を見つめた。

その想いを眼差《まなざ》しから受け取った来栖は、きゅっと唇を噛《か》む。

胸に置いた手が、心臓が早鐘《はやがね》を打つのを感じていた。

アイドルとしてこの勝負に絶対勝つわっ。

来栖は意を決し、急速に乾いていく口を開いた。

「わ、わたしの」

「うんうん！」

風子が熱心に相づちを打つ。

「わたしの、こいびとはっ」

「恋人はっ!?」

風子が期待に頰を染めて身を乗り出す。

来栖がその先を続けようとしたとき。

「む、無理〜〜っ、言えないよ〜〜!!」

顔を覆って、みなに背を向けるようにその場にしゃがみ込んだ。

「くるるちゃん!?」

「くるる？」

「どうしたのら？」

風子、ラトラ、バックスが驚いて来栖を見守る。

背を向けて丸まっている来栖の、うしろから見える首元と耳は、ゆであがったばかりのように真っ赤だ。

「大丈夫……？」

風子が尋ねると、来栖は観念したのか、そろりと振り向いて言った。

「だ、だ、だって……！　好きな人のことを言うって……恥ずかしくて……！」

驚いた風子たちは目を丸くする。

それが余計に羞恥心《しゅうちしん》をあおったのか、来栖はさらに赤くなった頬を両手で隠すようにして、必死に訴えた。

「す、好きな人ってやっぱり、特別だから好きなわけじゃない？　だからその人の名前って、すごく大切っていうか、特別っていうか……。そもそもさ、心の中で『いいなぁ』『好きかも』って思ってるだけならいいけど、誰かに『あの人が好き』って言った瞬間、自分の中の恋だけじゃなくて、みんなの中でも私の恋がはじまっちゃって、もう別物になる気がするんだよね。そ、それってすごく覚悟がいると思わない!?　もう後戻りできないっていうか……ああ、だからだから、やっぱ特別なんだよ、好きな人を言うって〜〜〜!!」

来栖はさらなる恥ずかしさにおそわれ、またもベッドに丸くなって顔を伏せた。

もちろん恋バナも恥ずかしいのだが、恋バナが出来なかったことも恥ずかしかった。

セクシーに対抗するにはキュートしかないと思っていたのに、そのキュートさを発揮する前に自爆してしまったのだ。

己《おのれ》の中のアイドル魂が、リングにも上がれずに敗北したと無念の涙を流していた。

しかし、そう判断していたのは来栖だけだったようだ。

突然、バシバシバシバシバシッとベッドを叩く音がして、来栖は顔を上げる。

するとそこでは、興奮に頬を染め、耐えきれないとばかりにベッドに手を打ち下ろす風子の姿があった。

「くるるちゃん、かわいすぎ〜!!　『きゅんっ』が止まらないよっ!!」

風子は自身の中であふれて暴れる『きゅんっ』を発露しようと、バシバシとベッドを叩き続ける。

自信満々でいた来栖が見せた恥じらう姿。

ギャップ萌《もえ》のインパクトは大きい。否《いな》、大きすぎた。

それになにを隠そう、風子の愛読している『君に伝われ』にも、恋バナに照れてしまい、話せないというシーンがあったのだ。いまのこの状況はそのシーンを彷彿《ほうふつ》させて、風子のテンションは天井知らずに爆上がりしていた。

そして、そんな風子の様子にやはりバックスはきょとんとする。

「ぷーこ、手痛くないのら？」

「大丈夫！　これぐらいやらないときゅんって私が爆発する！」

「爆発！　それは大変なのら！　手伝うのら！」

なにをどう解釈したのか、バックスも一緒になってバシバシとベッドを叩いた。

呆気《あっけ》にとられる来栖にラトラがふわりと笑いかける。

「すてきな恋バナじゃない。くるるの恋が実るといいわね」

その優しい声は、来栖の中であまりに苦《にが》くて二度と思い出したくない敗北の黒歴史になりかけていたものを、ほろ苦いチョコレートのような記憶へと書き換えていく。

来栖はさりげなさを装い、あふれそうになった涙を拭《ぬぐ》って笑顔を作る。

「うん、ありがとう……」

「相手の名前を言えるようになったら、相性占いしてあげるわ」

「…………」

絶対当たらない相性占いに意味はあるのだろうか。素直な疑問が浮かぶが、ラトラの気《き》遣《づか》いが嬉しいことには変わりない。

「占いはともかく、相談させてもらおうかな」

来栖はえへへと笑った。

セクシーと勝負できるのはピュアなキュートのみ。

まさにそれを体現した来栖であったが、本人はそのことにまったく気づいていなかった。

余談にはなるが、後日、来栖は意を決してラトラに恋愛相談をした。

そのとき、ラトラははっきりと断じたという。

「ファン全員が好き？　それって占いようがないんだけど」

バックスと来栖の恋バナが終わり、いよいよ風子の順番が回ってきた。

しかしすぐにははじまらなかった。来栖のように照れたわけではない。

風子の過剰な『きゅんっ』が落ち着くのをしばし待ったからである。

ともあれ、ようやく落ち着きを取り戻した風子はバックスが渡してくれたジュースを飲んで一息つくと、居住まいを正した。

「じゃあ、次は私だね」

緊張した面持《おもも》ちで風子が言う。

「まあでも、あんたの場合は相手がいるからね」

「えっ！」

ワインをまた一口飲んだラトラが言うと、風子はぽっと頰を染めた。

「そうよね、不死【UNDEAD】だっけ？　私は資料でしか見たことないけど」

「えっ、くるるちゃんも知ってるの!?　どうして!?」

「当たり前に知ってるわよ。UNDER《アンダー》のメンバーなら常識だから。不運と不死はデキてるって」

「デキてる……！」

ぽぽぽぽっ。風子の顔がさらに赤くなる。

「ぷーこ、顔が真っ赤なのら～。かわいいのら～」

「え、え!?　ど、どうしよう……」

風子が頬に手をあてて困ったように眉をさげる。

その様子にラトラが軽く感嘆するようにワインを掲げた。

「付き合って長いのに、そんだけ照れるなんて。純愛ね、ごちそうさま」

「いえ、アンディとは付き合ってません」

「!?　ゴホッ、ゴホッ、ゴヘッ」

ワインが気管に入りかけたらしく、ラトラが盛大にむせた。

「大丈夫ですか、ラトラさん！」

風子は慌《あわ》てたが、それよりも慌てていたのは来栖のほうだった。

「大丈夫かって聞きたいのはこっちなんだけど!?」

「え？」

来栖の言葉にラトラが同意するようにこくこくと頷く。きょとんとする風子に来栖は尋ねた。

「不死とは付き合ってないの!?」

「はい。付き合ってはないです」

「うそ！」

「嘘《うそ》じゃないですよ。だ、だって……付き合おうって言われたことないですし……」

風子は照れるようにモゴモゴと反論する。

「付き合ってないのに、キスしたり、胸さわらせたりしてるの!?」

「胸はさわらせてないです!!　接触面積を広げるために仕方なく……って、なんでそこまで知ってるんですか!?」

「だから資料で読んだんだって！」

「なんでそんなことまで資料に載《の》っているんですか!?」

風子は顔を覆った。そんなに詳細に記《しる》した資料、いったい誰が書いたんだ……と心の中で嘆いていてハッとした。

胸でアンディと接触したのは、ジーナ戦ぐらいだ。そのことをUNDER《アンダー》が知っているのは、おそらく組織《ユニオン》にあった資料がビリーの手によって回されているのだろう。

あの戦闘の記録はアンディが記述して提出していた。

つまり、そういうことなのだ。

風子はさらなる羞恥を覚え、頭を抱えた。

「じゃあなに？　付き合ってないのに私の能力を回避したってこと!?　なんかそれ、納得いかないんだけど!!」

来栖が憤《いきどお》りのあまり、握った両拳をぶんぶんと振る。

来栖の不貞【UNCHASTE】の回避条件は、ふたつ。

ひとつは『恋を知らないこと』。

もうひとつは『いかなるものでも揺るがない、愛する人がいること』。

風子の場合、当然のことながら、もうひとつの条件のほうをクリアしたことになる。

しかし、もとより来栖の能力についてあまり知らされていない風子は、不思議そうに首をかしげた。

「え？　そうなんですか？」

その様子に嘘はないと察した来栖は絶句して、額《ひたい》に手をあてた。

「そんなデカ盛り感情を持ってながら、付き合ってないっていうこと〜〜？　……もしかして、キープくん？」

「そんなつもりないです!!　私、アンディのことは好きです！」

風子の告白に来栖たちが三者三様の反応を見せる。

バックスはパッと顔を輝かせた。風子の正直な気持ちが知れて嬉しかったのだ。

来栖は一瞬驚いた顔をしたが、ニヤリと笑った。初心《うぶ》な恋バナは大好きなのだ。

そしてラトラは、見守るように口の端を上げ、ワインを飲んだ。

三人の反応を見て、風子はドキリとした。間違ったことは言っていないが、もしかして言いすぎたのかなと不安になる。

「そっか～、好きなんだ～、不死のこと」

来栖がうんうんと頷き、自分のグラスにシャンパンを注いだ。かわいい恋バナを聞きながらのお酒は実にうまい。

「で？　どこが好きなの？　どうやって好きになったの？」

「えっ!?　それは……」

風子が顔を赤らめて、恥じらうように視線を落とす。

「最初はむちゃくちゃな変態だと思ったんですけど……意外と優しいし、さりげなく気を遣《つか》ってくれるところとか、いいなぁって……」

「そうなんだ～、例えば？　どんなふうな優しさに、ぐっと来るの!?」

来栖はやわらかく相づちを打ちながら、情報を聞き漏らさないように的確に攻めていく。もちろん空になったグラスにさらにシャンパンを注ぐのも忘れない。

「……私、最近までずっと引きこもっていたから、外に出たことがなくて。だから、気を遣ってくれていろんなところに連れて行ってくれるんだ。ちょっとした空き時間に、ラスベガスとか……」

「空き時間にラスベガス!?」

「うん。ラスベガスにあるニューヨークニューヨークっていうホテルに連れて行ってくれて」

「ホテルに!?　連れて行ってくれた!?」

「く、くるるちゃん！　グラス、強く握りすぎだよ！　こぼれるこぼれる！」

「あ……ああ、私としたことが……おほほ」

来栖はとりつくろうように笑い、グラスを近くのチェストに置いた。初心な恋バナを聞いていたはずが、パワーワードが連続登場してくるので、無意識のうちにグラスが震えるほど握り込んでしまったのだ。

「ホテルに行ってなにしたのら？」

バックスが無邪気に尋ねる。

そこ、聞いちゃうの？

ラトラが生温かい目でバックスを見る。一方で来栖は「ナイスよ、バニー」と会心《かいしん》の笑みをバックスに向けた。

風子は思い出すように目をうっとりとさせた。

「アンディが、夜がおすすめって言うから、夜に行ったんだ。ラスベガスってテレビでしか見たことなかったけど、夜の闇《やみ》とそれを照らすネオンが本当にきれいで……」

「わぁ、ロマンチックねぇ……」

来栖は笑顔で相づちを打ちながらも先を急《せ》かした。「それでそれで!?」

「それから、ホテルに向かって」

「ホテルに！　向かって!?」

「ジェットコースターに乗ったんだ！」

「はい？」

「ビルの間をぬって猛スピードで進んで、本当に楽しかった！　一回目は声が出なかったんだけど、二回目は悲鳴をあげることができてね、ジェットコースターって、声を出して乗るほうがずっと楽しいんだね！　はじめて知ったよ～。帰りにラスベガスって書かれたチョコレートをお土産《みやげ》に買って帰ったら、タチアナちゃんが喜んでくれて、それも嬉しかったなぁ～」

うっとりとして語る風子に、来栖は目をパチパチと瞬《しばたた》かせる。

「そ、そう……。それで？」

「え？」

「それから、どうなったの？」

「えっと……ラスベガスから帰ってきて、チョコレートをタチアナちゃんと食べて……」

「……行って、帰ってきた、ということ？」

「うん」

嬉しそうに頷く風子に、来栖はがっくりとうなだれた。

「バニーもジェットコースター乗ってみたいのら〜」

「いつか一緒に行けるといいね！」

「うん！」

バックスと風子が無邪気にはしゃぐ。その隣で来栖はどこかやさぐれたように、再びグラスを手に取った。

「そう来たかー……。初心な恋のまっすぐさを見誤ってたわ……」

ぐいっとグラスをあおっていると、ラトラがさりげなく体を寄せ、ささやいた。

「くるる、なにを期待していたの？」

「えっ!?」

ラトラに耳元で尋ねられ、来栖はぽんっと湯気が出るほど顔を真っ赤にさせた。

「え、えっと、別に？　なにも？　期待してなんかナイヨ？」

「ふふふ……そうなの？　私はてっきりおませさんなことを考えていたのかと」

「ち、ちがっ！」

必死になって否定する来栖に、ラトラは楽しげに微笑んだ。その笑みがやけに色っぽくて、来栖はたじたじになってしまう。

もちろんそれはラトラが酒に酔っているせいなのだが、いまだにそれに気づく者はおらず、さらに言えば、恋バナが進むにつれて、ラトラが並べる空いたボトルの列が壮観を呈しているのだが、それに気づく者もいまだ現れていない状態であった。

「もぉ～！　ほら、今度はラトラの番だよ、恋バナ！」

来栖は話題をすり替えることで、ラトラに対抗することにした。

「わぁ、ラトラさんの恋バナ、聞きたいです！」

風子がパッと身を乗り出す。

「ラトラねーたまの話、聞きたいのら～！」

バックスもウキウキとした様子でラトラにすり寄った。

「そうね、じゃあ……話しますか」

にこりと笑うラトラに、他の三人はうんうんと激しく頷いた。

「何から聞きたい？」

「それはやっぱり大人の恋バナを！」

来栖がすかさず答えると、ラトラはふむと小さく首をかしげた。

「大人の恋ねぇ……。大人になって楽になったこともあれば、苦しくなったこともあるかな」

「どういうことですか？」

「言い訳が上手になるってこと」

え……と驚く風子に、ラトラは苦笑《にがわら》いを浮かべて髪をかきあげた。

「大人になると心の棲《す》み分《わ》けができてしまって、曖昧《あいまい》な関係でも許せるようになってしまうのよ。いまの関係をありのままに受け入れる。それで良いわけないのにね」

友達以上、恋人未満。ラトラと彼女が好きな人の関係は、ずっとそれだ。

幼い頃は、この不毛な想いを捨てようと必死に心を戒《いまし》めていた。

大事な妹が知ったら、きっと気にする。なにより、彼の瞳にはいつも妹が映っているのに、この想いに未来なんてない。捨てるべきだと躍起《やっき》になった。

けれど友達以上の関係は、簡単には想いを捨てさせてくれなかった。

やがて大人になるにつれ、自分の心を上手に隠せるようになった。

すると、新たな考えが自分の中で芽生えた。

『未来がなくても、今があるなら』

『引きずるよりも、心の奥に留《とど》めたままで』

『あの子を好きなあの人ごと、愛せばいい』

埒《らち》のあかない関係をそのまま受け入れようとする自分がいた。

けれど、揺さぶられることがある。

思いがけず、彼の優しさに触れたとき。それこそ、学生時代にプレゼントしたライダースジャケットを、いまだに大事に持っていてくれたなんて知ったときは、心が揺さぶられてしまうのだ。

愛で塗り替えたはずの恋が、大人の言い訳だと揺さぶってくるのだ。

「ほんと、良いわけないのに……」

自嘲《じちょう》するようにラトラが言うのを、来栖は複雑な顔で聞いていた。

バックスも、わからないながらもラトラの気持ちを感じ、沈黙する。

けれど、

「いいんじゃないでしょうか」

風子だけは、ラトラを真正面に見て、言った。

「誰かを好きになるのに、良いとか、悪いとか、ないと思います」

「風子……？」

「もちろん、誰かを傷つける好きはよくないと思いますけど、そうでないなら……どんな好きでも、大事にしたいなって思うんです。私、さっきくるるちゃんに、『アンディと付き合ってないの』って聞かれて、はじめてアンディと付き合ってないんだって気づきました。でも、アンディと彼氏彼女の関係になりたいかって聞かれると、よくわからなくて。それで思ったんです。普通なら、好き同士は付き合うのかもしれないけど、そういうのに囚《とら》われなくてもいいんじゃないかなって。だって、私たちは否定者だから。普通を否定したって、いいじゃないですか」

うまく言えてないかもしれませんが、と風子は照れ笑いをする。

けれど、話したことで風子の中で、それは確固たるものになった。

UNDER《アンダー》に来てから、ずっと考えていた『好き』という感情。

解釈を広げたいと思っていたが、そのきっかけを見つけたような気がした。

「……たしかにね。普通を否定してこその否定者《わたしたち》よね」

ラトラがやわらかく笑う。

そして、ワインをグラスに注ぐと、すっと掲げた。

「すてきなことを言ってくれた風子に乾杯」

「かんぱ〜い！」

来栖、バックス、風子が笑顔でグラスをカチンと鳴らす。

ラトラはワインを飲み干すと、夢見るように目をとろんとさせた。

「いい夜ね、こんな日ははじめてキスをした日を思い出すわ」

「えっ!?　キス!?」

「いついつ!?　どこで、誰と!?」

風子と来栖がすかさずラトラの話題に食いつく。

ラトラは思い出すようにうっとりとしながら、口を開きかけて、

「ぐー……」

次の瞬間、ぱたりとベッドに横たわり、深い眠りに落ちた。

「え、ラトラさん!?」

「ラトラ、このタイミングで寝ちゃうの!?　ひどいわ！　私の期待を返してよ〜！」

風子と来栖が不満げな声を出す。

そのときだった。

「おい」

部屋の外、ラトラが入り口にかけたカーテンの向こうに人影が現れた。廊下よりも室内のほうがやや明るいので、人影の顔は見えない。だが、声で誰かは判別できた。

不治【ＵＮＲＥＰＡＩＲ】ことリップだ。

「リップ！　今は女子オンリーのパジャマパーティの真っ最中よ。入るのはマナー違反だからね！」

来栖がカーテンの向こうへ声をかけると、リップは「わかってるよ」と淡々と答えた。

「ラトラ、寝てるだろ？」

「どうしてわかるんですか!?」

風子が問い返すと、カーテンの向こうから呆《あき》れた声が返ってくる。

「ラトラは楽しくなるとだいたい飲み過ぎて、開始からこれぐらいの時間で酔いつぶれるんだよ。しかも飲んだときに話したことは、一切忘れてる」

「えっ、じゃあ初キッ……!?」

初キスのことはもう聞けないの、と言いかけて、来栖は慌てて口を押さえた。

この人にだけは知られたくないだろうと思ったのだ。

そんな来栖の様子に気づいていないのか、それとも興味がないのか、リップは何も言わずにカーテンの隙間《すきま》から薬瓶を差し出してきた。

「明日、これをラトラに飲ませてくれ。二日酔いにはこれが効く」

「あ、はい……」

風子は急いで戸口まで行き、リップの小瓶を受け取った。

「リップさん、もしかしてこのために来てくださったんですか？」

「ラトラの体調管理も俺の役目だ」

リップはごく自然にそう言うと、すたすたと立ち去っていった。

「なるほど……あれは、忘れられない人になるわ」

来栖がうめくように言う。だがその顔は、なんだか楽しげでもあり、うらやましげでもある。

「好きにいろんな種類があるなら、ラトラの幸せもきっといろんな種類があるのよね」

「うん、きっとね」

来栖と風子は顔を見合わせてにっこりと笑い合う。

「ねーたまがしあわせなら、バニーもしあわせなのら！」

そう言うと、バックスは無邪気に笑って、眠るラトラの隣に潜り込んだ。

それに倣《なら》って、来栖と風子もベッドに横たわる。

風子は寝ている間にうっかり誰かに触れないように気をつけながら、目を閉じた。

そのまぶたに、大好きな人の面影が浮かぶ。

ふいに、アンディにはちゃんと「好きだ」とは言われたことがないことに気づく。

一瞬、残念だなと思ったが、寂《さび》しいとは思わない。

言われなくても、自分がアンディを好きなことに変わりはないのだから。

『好き』のかたちは人それぞれ。

明日の朝、二日酔いのラトラさんの看病をしたいと思うこの気持ちも、きっと『好き』だからに違いない。

自分の中に増えていく『好き』に喜びを感じながら、風子は心の奥で一番好きな人に『おやすみ』と言って眠りについた。

Ep《エピソード》.003 一心《いっしん》に付《つ》き合《あ》いなさいよ

地球を整えていた季節《シーズン》のうち、三体を倒してしまったことにより地球は太陽に向かって動きだしてしまった。

突然、理不尽に突きつけられた世界の終末。その悲劇に少しでも抗《あらが》おうと、ジュイス率《ひき》いる組織《ユニオン》は持てる力すべてを結集し、対応にあたった。

誰もが、自分にできることを探し、必死だった。

けれど、何事もやり過ぎはよくないのである。

その日も不壊【ＵＮＢＲＥＡＫＡＢＬＥ】こと山岡一心《やまおかいっしん》は、組織《ユニオン》の設備改修工事に精を出していた。

これまでは自信のなさから、不壊の能力を完全に発揮できずにいたのだが、風子《ふうこ》との一件を通して、以前よりは自分の能力を信じられるようになった。

そうなってくると、不完全だった自分の製作物が気になってしまい、一心は新しい設備の増設や新規依頼の製作物と並行して、これまで作ってきたものの改修を自主的に行っていたのである。

当然のことながら、仕事量は二倍から三倍に膨《ふく》れ上《あ》がっていく。

しかし一心はそんなこともお構いなしで、黙々と仕事に取り組んだ。

なにしろ非常事態である。少しぐらいの無理はして当たり前と思っていたし、なによりいままで頼ってばかりだったのだから、いまこそ役に立ちたいと思ったのだ。

そんな想《おも》いで働く一心にとって、突然のニコからの指示は腑《ふ》に落ちなかった。

「あの……もう一度、いいですか？」

一心は作業の手を止めずに、証《エンブレム》に聞き返す。証《エンブレム》を通してニコから指示された内容が、どうも理解できなかった。

いや、内容は理解できたのだが、それが現状とはかけ離れている指示に思えて、ニコの意図を図りかねたのだ。

証《エンブレム》の向こうでニコが小さくため息をつくのが聞こえた。

気を悪くさせたかな。ニコさんも忙しいのに、私に時間を取らせてしまってすみません……。

　元来、引っ込み気質の一心は申し訳なさのあまりにようやく作業の手を止め、ニコの続く言葉を聞き取ろうと神経を耳に集中させた。

「いいか、よく聞け。一心、今日はもうあがれ」

「え？」

　一心は思わず小さく驚きの声を漏らした。さきほど聞いた言葉と同じ内容だったそれは、一心が理解したものと同じだった。

　つまり、この状況ではありえない指示だった。

「でも……！　あの、まだ残っているものが、あるんです……よ？」

　そう答えて、一心は目の前に並ぶ防火壁の列を見つめた。

　一心がいま取りかかっていたのは、施設の廊下を遮断する防火壁だった。これまでのものでは強度に不安があるので一から作り直しているのだ。防火壁は複雑な構造ではないが、分厚い上に大きいので、作るのに時間がかかる。さらに施設の擁《よう》する防火壁は数えきれないほどあるので、時間がいくらあっても足りないくらいだ。

　そんな状況なのに「作業をやめろ」というニコの意図が一心には理解できなかった。

「今日中には、第二層の防火壁を……」

「今日中って言うが、お前の今日はいつから始まってる？」

一心の言葉を遮《さえぎ》るようにして、ニコが尋ね返した。

「え？　えっと……今日は……？」

戸惑う一心にニコはたたみかけるように言った。

「言い方を変えるぞ。一心、いつから寝ていない？　ちなみに寝るってのは、六時間以上、ベッドで、体を、横たえる、ことだぞ？」

一句ずつ、言い聞かせるように言うニコの言葉に、一心はなにも言い返せなくなる。

なにしろ六時間以上寝たことも、ベッドで横になったことも、この十日間ほどにおいて一度もないからだ。

無言になった一心の状態から、状況を理解したニコは再び深くため息をついた。

「仕事熱心なのはいいが、休まないのはダメだ。なにより睡眠は一番大事だ。だから、少し休め。ひとまずいまから二十四時間は仕事禁止だ。いいな？」

「に、二十四時間、ですか!?　あ、あの……六時間は寝るので、そのあと仕事をしても……？」

一心が必死になってせめてもの譲歩を引き出そうと提案する。

しかし、ニコは一切の妥協を許さない声で、最後のダメ押しをした。

「二十四時間は休め。あと、風呂に入らねーと匂《にお》うぞ？」

それはまさに、二十代の乙女の心を砕くには決定的な一言であった。


仕事場を後にした一心は、一目散に風呂場へと向かった。

体を隅々まで洗い、湯船につかる。

久しぶりのあたたかい湯船は、体の奥底にたまっていた疲れをたやすく引き出した。

重だるく感じる体を、湯の中で軽くマッサージしていく。

自分でも気づかないうちに、かなり無理をしていたようだ。

風呂に入るのは久しぶりだが、衛生面をおろそかにしていたつもりはない。その間にミストはきちんと浴びていた。

このミストというものは、ラボメンバーが開発した「簡易清潔ミスト」で、服の上から特製ミストを浴びるだけで、シャワーを浴びたように体の汚れを落とせる優れものなのである。なので、匂いが気になるようなことはないはずだ。

しかし万が一ということもある気がして、一心はそっと体の匂いを嗅《か》いだ。

不安に反して、鼻孔《びこう》がとらえたのは華やかな香り。

ジュイスが利用しているシャンプーの香りだった。

組織《ユニオン》の多くの女性職員と同じように、一心にとってもジュイスは憧れの存在だ。

あの気高く凛《りん》とした姿には何度も目を奪われている。

もちろん、シャンプーを真似たところでジュイスのようになれるわけではないことは、十分に理解しているのだが。

思わず苦笑《にがわら》いを浮かべた一心は想いを振り切るように、湯船から勢いよくあがった。


いつ以来か、わからないぐらいにたっぷり眠った一心は、自分の部屋を出て、談話室へ向かった。

誰かいることを期待して来たのだが、室内には誰もいなかった。

一心は小さく肩を落とした。もしも誰かいたのなら、彼がいま何をしているか聞きたかったのだが、当てが外《はず》れてしまった。

忙しくなってから彼《か》の少年とはなかなか会えずにいる。一方は外界に出てUMA《ユーマ》を捕獲する任務ばかりで、こちらはといえば、作業場にこもって黙々と製作するばかり。ときどき彼が作業場に顔を見せてくれるが、それ以外の接点は皆無なのだ。

もちろんニコやジュイスに問い合わせれば、彼がどこにいるかはすぐにわかる。しかし、個人的な感情のために、そこまでするのは気が引けてしまう。

仕方なく一心は談話室に備え付けてある給湯器でお茶を淹《い》れ、ファッション誌を開いた。ぱらり、ぱらりとページをめくっていくうちに、心がだんだんと弾《はず》んでくる。やはり華やかな装いは見ているだけでも楽しい。

「すてきだなぁ……」

「着てみたらいいじゃない」

誰もいないと思って口にした感想に思いがけず返事があり、一心はぎょっとして振り向いた。

そこにいたのは黒光りする鉄球。不可触【UNTOUCHABLE】ことタチアナだ。

「タ、タチアナちゃん!?　い、いつからそこに？」

「いまよ、いま。任務が終わって帰ってきたら、一心が休憩しているのが見えて寄ったの」

「そうだったんだ……。お疲れ様でした。あ、お茶淹れようか？　ああ、それより疲れてるなら、休んだほうがいいのかな？」

おどおどしながらも気遣《きづか》う一心に、タチアナは「じゃあ、お茶をもらうわ」と言い、一心の腰掛けていた椅子《いす》と並ぶ位置にふわふわと移動した。

「一心も休憩？　最近、ずっと働きづめだったものね」

「え……？　どうして知ってるの？」

お茶を差し出しながら目を丸くする一心の反応に、タチアナが首をかしげるように球を傾けた。

「知ってるわよ。作業部屋から出てきてる様子がないから、ずっと働いてるんだろうなって思ってたわ。それにトップもよく『一心、働き過ぎなんだよな～』って言ってたもの」

「え、え、え……！」

一心の顔がぽんぽんぽんと赤く染まった。誰もが忙しくしている中で、閉じこもってひとりで黙々と作業を進めている自分のことを気にかけてくれる人がいるとは思わなかった。

特に外界でUMA《ユーマ》捕獲を担当する者たちは一番ハードな任務だ。そんな中で自分の様子にまで目を配ってくれる人がいることのなんと嬉《うれ》しいことか。しかもあの少年の名があがり、嬉しさとは別に胸がほわほわとあたたかくなる。

「ありがとう、気にかけてくれて……」

「べ、別にこれぐらい普通よ！　私たち仲間でしょ！」

タチアナは照れ隠しをするようにわざとぶっきらぼうに答えると、球からロボットアームを出した。アームの先端は特製ストローをつまんでおり、一心が渡してくれた湯飲みに差し込むと器用にお茶を飲む。一心が気を利《き》かせて温《ぬる》めの日本茶を用意してくれたので、火傷《やけど》することなく飲むことができた。

喉《のど》を潤《うるお》したタチアナは、気になっていたことを尋ねた。

「それにしても、こんなところで何をしているの？」

タチアナが一心と交流を持ちはじめたのは最近のことだが、短い付き合いでも彼女の生《き》真面目《まじめ》さはよく理解していた。その彼女が時間を潰《つぶ》すように談話室にいたのは、とても意外なことだった。

ニコに二十四時間の特別休暇を押しつけられたと一心が話すと、タチアナは「なるほどね」とロボットアームで腕組みをした。

「それはニコおじさまの言うとおりよ。適度な休憩は絶対大事ね。あと、リフレッシュもね！」

「リフレッシュ……」

「ニコおじさまが言っていたの。仕事も大事だけど、時には全然違うことをするのも大事だって。いつもと違うことをすると、脳もいつもと違うところを使うことになって、活性化するらしいわ」

「なるほど……」

今度は一心が腕組みをし、頷《うなず》いた。

組織《ユニオン》を抜けた不死【ＵＮＤＥＡＤ】が言っていたことを思い出す。

否定能力を使うには、その解釈をどこまで広げられるかが大事なのだと。

いままで不壊の解釈を広げようと思ったことはなかったが、もしかしたらまだ出来ることがあるのかもしれない。それ以外にも、発想の転換をすれば仕事の効率をもっと上げられる可能性もある。

一心の中で俄然《がぜん》やる気がわいてきた。

だが、すぐに別の問題にぶちあたってしまう。

「……でも、違うことって……なにをすればいいのかな……？」

「なんでもいいんじゃない？　なにかやりたいことはないの？」

「うーん……ない、かなぁ……？」

一心は肩を落とす。これまで生活の中心はなにかを作ることだった。それに意識を集中させてきたので、それ以外のことを考えたことがなかったのだ。

「あまり難しく考えないほうがいいと思うわ。気楽にできるものがいいわよ」

「気楽に……？」

タチアナのアドバイスに、一心はさらに首をひねった。悩みすぎて体が傾き、椅子から落ちそうではあるが、しっかりと鍛えられた体幹が見事に支えているのであやうさはない。

「ショッピングをしてきたら？」

「え？」

傾いた体のまま、一心が驚きに目をぱちぱちと瞬《しばたた》かせた。

「雑誌を見て、すてきだって思ったんでしょ？　だったらその服を実際に見てきたらいいじゃない」

そう言って、タチアナがロボットアームで指さしたのは、一心がめくっていたファッション雑誌だ。

「ショッピングは……たしかにやったことないけど……」

ページが開かれたままになっていた雑誌に視線を落として、一心が気弱な声で答える。

「だったら、いっそチャレンジしたらいいじゃない」

「うん……」

一心がなにかを気にするように、視線を泳がせる。興味はあるようだが、なにかが気になっている様子に、タチアナは自分なりのアドバイスをすることにした。

「ひとりだとチャレンジしづらいことも、友達とふたりならいけるものよ！　……あら、ちょうどいいわ、トップ！」

タチアナがロボットアームを上げて、入り口のほうへと球を向けた。

一心も慌《あわ》ててそちらを見ると、スポーツドリンクを片手に歩いていた不停止【UNSTOPPABLE】ことトップ＝ブル＝スパークスが、足を止めてこちらを見ていた。

「なんだ、めずらしい組み合わせだな」

トップがすたすたと談話室へと入ってくる。

「ト、トップくん、お疲れ様……！　お仕事、終わったところ？」

一心が尋ねると、トップは明るい笑顔を浮かべて頷いた。

「おう。ついさっき、タチアナと戻ってきたところ」

「え！　タチアナちゃん、トップくんと一緒の仕事だったの？」

「ええ。だから、私もトップも今日はもうお休みなの。だからトップ、ちょっと一心に付き合いなさいよ」

「えぇ!?」

一心が思わず驚きの声をあげる。一方のトップはわけがわからず、きょとんとタチアナを見つめた。

「ん？　なに？　なんかトラブル？」

「ううん。一心がね、お買い物に行きたいんだって。だからトップ、一緒に行ってあげて」

「そそそそ、そんな！　とんでもない！　トップくん、気にしないで！」

と、一心は言いたかった。

けれど、その言葉が口より出るより先に、トップは言ったのだ。

「うん、いいよ」


トップの休養も考えて、出発は八時間後となった。

思いがけずトップとお出かけをすることになり、一心の心臓は通常よりも倍速で働いた。

お出かけまでまだ八時間はあるというのに、緊張で顔がほてりっぱなしだ。そんな自分を持て余し、一心は部屋の中を何度となく往復したのだが一向に収まる気配がないので、仕方なくざわつく心を静めようとついには筋トレをはじめた。

休暇のための二十四時間なのに、こんなに心臓がバクバクしていていいのだろうか、と自問自答しながらの筋トレはなぜか気合いが入った。

筋トレ中、幾度か「やはり断ったほうが……」という思いがよぎったのだが、せっかくタチアナとトップが気にかけてくれたことを考えると、断ることはできなかった。

そして、筋トレでかいた汗をシャワーで流したことで、一心の心は決まった。

せめてトップくんに恥じないお出かけにしよう。

そのためには行き当たりばったりではなく、スケジュールが大事なはずだ。

こうして一心は、人生で一度も使ったことのない脳の一部をフル回転させて、デートプランを考えはじめたのである。


組織《ユニオン》の所有するジェット機の発着所で待っていると、約束の時間より五分も早くトップが姿を現した。

「わりぃ、一心。お待たせ」

「う、ううん！　わ、私が早く来すぎちゃっただけだから、大丈夫……！」

一心はぷるぷると首を振った。そして自分の前で足を止めたトップを見つめて、しばし固まってしまった。

「どうしたの、一心？」

訝《いぶか》しむトップに見つめられ、一心はハッと我に返る。

トップの姿を見たことで、改めて一緒にお出かけできるのだという幸福感にしばし我を忘れてしまったのだが、恥ずかしすぎるので絶対に秘密だ。

「あ、え、その……あ、ありがとう、トップくん。付き合ってくれて……！」

なんとか無難な返事をすると、トップは「気にすんなよ」とニッと笑った。

「一緒に出かけるのって初めてだよな。いつもの格好じゃない一心も、なんか新鮮でいい感じじゃん」

お世辞を一切含まない素直な感想に、一心の心臓は瞬間的に停《と》まりかけた。

「ごほっごほっごほっ!!」

「一心!?　どうした!?」

心臓が停まりかけたショックで咳《せ》き込《こ》んでしまった一心の背中を、トップが慌ててさする。再び心臓が停まりかけそうになる一心だが、持ち前の身体能力でぐぅぅっと気道を確保し、咳き込むことを寸前で抑《おさ》えた。まさに心身を鍛えぬいた一心だけができる技であった。

「だ、大丈夫……。心配かけて、ごめんなさい」

「いや謝ることじゃねぇけど。もしまた苦しくなったら言ってくれよ？」

トップの心配げな顔を見て、もはや一心は自分の顔がほてっているのは、嬉しいからなのか恥ずかしいからなのか、わからなくなっていた。

二時間かけて選んだ私服（ドレープネックのカットソーとスラックス）も報《むく》われるというものだ。

「で？　お出かけってどこに行くんだ？」

「あ……えっと、ローマに」

「ローマ!?」

トップが目を丸くする。一心はごくりと緊張に喉を鳴らした。

ローマは一心のデートプランにおいて、どうしても外せない場所であった。

なぜなら、ローマでこそ成立するデートが存在するからだ。

トップとの約束までの時間、一心は心血を注《そそ》いでデートプランを考えようとした。しかし彼女の想像力には限界があり、一向にいいプランが思い浮かばない。そんなとき、ふと思い出す教本があった。

不運【ＵＮＬＵＣＫ】こと出雲《いずも》風子が愛読していた『君《きみ》に伝《つた》われ』である。

ジュイスに過去と未来が描かれていると言われたときに一読したさいは、大きなバトル展開にばかり目が行っていたが、改めて読み直すとそれは実に奥深い内容であった。

ＳＦ長編少女漫画の金字塔と言われるだけあって、さまざまなデートが描かれていた。その中でも珍しく、実在する場所をデートに選んでいるエピソードがあり、しかもそのデート回は元々有名なロマンス映画を元ネタにしているという。

金字塔である作品が真似したいと思うほどのデート。もはや疑いようがない。

一心は直感した。これを参考にしない手はない。

物作りにおいても、最初は模倣《もほう》からはじめる。物作りを生業《なりわい》としてきた一心は、今回もその精神にのっとることにした。

そしてそのデートに使われた実在する場所が、ローマなのである。

組織《ユニオン》のジェット機を使えば、イタリアのローマへの移動も一瞬だ。

とはいえ、ジェット機で目的地に降りるわけにはいかないので、近郊におろしてもらい、そこからは徒歩で目的地へと向かった。

「スペイン広場？　そこに行きたいのか？」

目的地を一心から聞いたトップが聞き返す。

「うん……。そこでジェラートを食べたくて。……トップくん、あまいものは大丈夫、だよね？」

「うん。あまいものはなんでも好きだぜ」

「よかった……」

一心はほっと胸を撫《な》で下ろした。

教本である『君伝《きみつた》』では、スペイン広場の階段に座ってジェラートを食べるシーンが描かれていた。スプーンで一口ずつ交換しあう、甘酸っぱいエピソードが見開きで描かれ、非常に印象的だった。

階段からの景色はとてもいいと『君伝』の中で語られていたから、きっとトップも喜んでくれるだろう。

ジェラートの交換は恥ずかしくてできないけど、せめて一緒に食べたい……と、一心は淡い願いに胸をドキドキさせながら、スペイン広場につくとまずはジェラートの売っている店を探した。

幸いなことに広場の近くにはいくつものジェラート屋があった。日暮れだというのに、どの店にも観光客が並んでいる。

客の多くはかの有名なロマンス映画を真似てジェラートを買い求めているのだろうが、

元々の映画を知らない一心は「『君伝』の影響ってすごいんだな」と改めて感心し、ますますジェラートを食べなくてはと決意を新たにした。

ほどよく広場に近い店を選び、列に並ぶ。

「…………」

「…………」

ふたりの間に沈黙が落ちる。列に並ぶと話題がなくなってしまったのだ。

一心は内心焦《あせ》った。

なにか話さなくてはと思うのだが、自分が提供できる話題といえば、最近作った製作物のことばかり。それを話してもトップが楽しめるとは思えなかった。

もっと仕事とは別のことも生活に取り込んでおけばよかった。だからニコはリフレッシュしろと言ったのか。やはり既婚者の言葉は重みが違う、と一心がひそかに脱帽していると、トップがおもむろに口を開いた。

「なぁ、一心はなんの味を頼むんだ？」

「え？　あ、えっと……考えてなかった。トップくんは？」

「チョコかな。さっき買っていった人のが、うまそうだったからさ」

ジェラートを買って店を離れていく人をちらりと視線で追い、トップはニッと屈託なく笑う。その笑顔に一心の焦っていた心が凪《な》いでいく。

「……おいしいよね、チョコ。私はアイスだといつも、あずきなんだけど……」

「アズキ？　……ああ、以前くれたドラヤキってのに入ってたやつ？　ん？　あれはアンコだったっけ？」

「そっ、そうそう！　あんこはあずきから作られているんだよ。トップくん、一度話しただけなのに、よく覚えてるね」

「まぁな。一心が紙に書いて説明してくれたから、余計覚えてんだよね」

「ああ、そっか……」

一心は照れ笑いを浮かべた。

以前はトップに姿を見られるのが恥ずかしくて、鎧《よろい》を着ていたのだ。その頃は意思伝達をすべて紙に書いて行っていた。

「アズキってたしか豆だろ？　だったらピスタチオがいいんじゃないか？　あれも豆じゃん」

「え、そうなの？　でもたしかに、豆じゃないとしたら、なにに分類されるのかな……」

頭をひねりつつも、心の中はあたたかくなっていく。話題がないと落ち込んでいたのに、ジェラートひとつで会話が広がった。

それのどれもこれもが、すべては『君伝』のおかげに思えた。

金字塔は伊達《だて》ではないんですね……！

一心はまたもや教本に対して感謝の念を抱《いだ》き、心の中で手を合わせる。

ジェラートを待つ列はするすると進み、ほどなくして一心たちは注文をすることができた。前もって話していたとおり、トップはチョコ、一心はピスタチオを買うと、早速スペイン広場へと戻る。

ドキドキとわくわくが混在して、足下《あしもと》がふわふわした。隣を見ると、トップが興味深そうに広場の階段を見上げている。

いよいよ、メインイベントだ。

一心の心臓がどくんどくんと高鳴った。だが同時に、違和感を抱く。スペイン広場の有名な階段が、やけに閑散としているのだ。

あれだけジェラートを買った人たちがいたのに、誰も階段で食べようとしていない。なぜか広場を取り囲むようにして距離をとって食している。奇妙である。

不思議に思っていると、突然声をかけられた。

驚いて見れば、立っていたのは制服をきっちりと着た警官だった。

「観光客の方？　スペイン広場は飲食禁止ですよ」

「ええ!?」

詳しく聞いてみると、スペイン広場は景観を守るため、近年は飲食禁止かつ立ち止まり禁止になっているのだそうだ。

「そ、そんな……!!」

一心の予定がガラガラと音をたてて崩れた。

しょぼんとうなだれる一心を、トップが気遣うように見上げる。

「そういうことだって、あるさ。元気出せよ、一心」

「うん……。でも、せっかくトップくんに付き合ってもらったのに、無駄足になっちゃって……ごめんなさい」

「なんで？　ジェラート買ったじゃん。無駄足じゃねぇよ」

ニッと笑うトップの笑顔に、落ち込んでいた一心の気持ちが浮上する。

「トップくん、ありがとう……」

「いいって！　それより、次は？　時間あるんだし、他も回ろうぜ」

「うん……！　次は……『真実の口』というところに行きたくて……」

「真実の口なら、向こうですよ」

警官が親切にも、行き方を教えてくれる。

お礼を言ってふたりが歩きだそうとすると、警官は朗《ほが》らかに一心に大ダメージを与える一言を告げた。

「お母さん想いだな、少年！　よい旅を！」


トップに心配をかけないようにと、必死に表面上はとりつくろった一心だが、心の中は極寒の吹雪《ふぶき》の中を歩く、人生に疲れた旅人のように荒《すさ》んでいた。

トップは今年十五歳。一心は二十三になる。その年齢差は八歳。そして身長差は……と正確な数字を計算しかけて、一心は頭を振った。正確な数字によりショックを受けることは明らかだ。

元々、いろいろと〝差〟があることは自覚していた。でも改めてそれを〝母親と子ども〟というように具体的な印象で他人に指摘されると、やはりショックは大きい。

「一心、順番が来たぜ？」

トップに声をかけられて、一心はハッと我に返った。

スペイン広場の次にやってきたのは、「真実の口」と呼ばれる石の彫刻が置かれているところである。

大きな石に人の顔が彫《ほ》られており、口の部分にぽっかりと穴が空いている。

伝説によれば、嘘《うそ》つきはその穴に手を差し込むと、手首ごと切り落とされるとされている。それを利用して、『君伝』では、「真実の口」にふたりで手を差し込み、自分の気持ちに嘘がないことを証明するというエピソードが展開された。

ふたりで手を入れようとは思っていないが、観光地として有名らしいので、トップに楽しんでもらえるかもと思って選んだのだ。

有名な観光スポットであるためここでも行列ができており、列に並んだふたりにようやく順番が回ってきたところだった。

あらかじめ一心から「真実の口」の伝説について説明を受けていたトップは、まじまじと穴を見つめた。

「へー、イタリア人っておもしろいこと考えるんだな」

トップはわくわくとした様子で、真実の口に手を差し込む。

「トップくんなら、絶対大丈夫そうだよね」

一心が何気なく言うと、トップが不思議そうに振り向いた。

「なんで？」

「だって、嘘とかつかなそうだから」

伝説を真《ま》に受けているわけではないが、思いやりにあふれたトップと嘘は結びつかない。

一心が微笑《ほほえ》むと、トップは苦笑いを浮かべた。

「俺だって、嘘つくぜ？　能力を発現させたのも、嘘をついたせいだし」

「!!」

一心は頭を大金槌《おおかなづち》で殴《なぐ》られたような衝撃を受けた。

トップが能力に目覚めたきっかけを今更ながら思い出したのだ。その優しさゆえに、わざと手を抜いて走り、タイミング悪く能力が目覚めたせいで、大事な友人を失うことになった悲劇を……。

「ごめん！」

「へ？」

顔を青ざめさせた一心が、トップの手を瞬《また》く間に真実の口から引き抜く。

当然のことながら、手首はもちろん繋《つな》がっていた。その手を、一心はぎゅっと両手で包んだ。

「ごめんなさい、嫌《いや》なことを思い出させて……！」

膝《ひざ》をつき、トップの手に頭をつけるようにして謝る一心にトップは目を丸くした。

「あ、い、一心！　どうしたんだよ!?」

「私、本当に気が利かなくて……!!　ごめんなさい……!!」

「えぇ!?　いや、別に気にすんなって！　これぐらいどうってこと……」

「でも……！」

一心は頭を垂れたまま、自分を責めた。

せっかく楽しくお出かけしたかったのに、トップの辛《つら》い過去を思い出させるような場所を選ぶなんて、最悪だ。少し考えれば、わかったはずなのに。

申し訳なさから、ついついトップの手を包む手に力が入る。

すると頭上から珍しくどこか焦ったような声が聞こえた。

「あ～……えーっと、一心？　その、マジで気にしてないから……顔、上げてくれよ？」

「？」

言われるままに一心が顔を上げると、トップが気まずげに「まわりを見て」というように視線を巡らせた。

一心は素直に従い、周囲に目をやる。

そこでは好奇心旺盛な観光客たちが、何事かと目を輝かせてこちらを見ては、ひそひそと状況を推測していた。

「もしかして本当に手がちぎれると信じてたのかしら？」

「いやいや、あのポーズを見ろよ。どう見たって、なにかを誓ってる感じだぞ？」

「誓うってなにを？　まさかプロポーズ……!?」

「おいおい、見せつけてくれるな！」

「もっとやれ！　ここは情熱の国イタリアだ！　その口は愛を語るためにある！」

憶測が憶測を呼ぶ状況に、一心は顔から火を噴《ふ》く勢いで赤面し、気を失いたくなる本能を理性で抑え込むと、トップの手を取ってその場を脱兎《だっと》のごとく逃げ出した。


とにもかくにも「真実の口」から距離を取りたかった一心は闇雲《やみくも》に走り抜けた。そして手頃なファストフード店に入って席につくと、改めて深々と頭をさげた。

「ごめんなさ……」

「謝んなって」

一心の言葉を遮り、トップが鋭く言う。

びくっと体を震わせた一心はそのまま顔を上げることが出来なくなってしまった。

動けずにいる一心の耳に、今度はトップのため息が聞こえ、ますます体がこわばってしまう。

「なぁ、一心……」

「は、はい……」

「俺さ……もっと一心と仲良くなりたいって思ってんだけど」

「え……？」

思いがけない言葉に、一心は思わず顔を上げた。

てっきり怒っているだろうと思っていたのに、トップは、どこか拗《す》ねたように口をとがらせている。

なぜそのような顔をするのかわからず、一心は戸惑いつつも今まで見たことのないトップの表情を見つめた。

やがてトップはばつが悪そうに頭をかくと、「つまりさぁ……」と口を開いた。

「一心がさ、鎧を脱いだだろ？　それ……ちょっと嬉しかったんだよ」

「うれしい……？」

「うん。素顔を見せてもいいって思ったのって、きっと一心の中でいろんなことを整理したってことなんだろうけど……なんとなく、俺たちに心を開いてくれた感じがしたんだ」

「トップくん……」

「だからさ、一心のことをもっと知ったら、もっと仲良くなれるんじゃないかって思って。一心がどんなところに行きたいのか、すげー興味津々《しんしん》だったんだけど………」

言葉を句切ったトップは、またも口をとがらせた。

「だけど、どうしたの……？」

一心はわからず、先を促《うなが》す。

トップはちらりと一心を見て、言いにくそうにしながらも口を開いた。

「なんか……今日行ったのって、一心が本当に行きたいところだったのか？　俺が楽しめるようにって、遠慮してねぇ？」

「え？」

「一心はさ、俺に気を遣《つか》いすぎだって！　能力が発現したときのことだって、あんなに気にすることねぇよ。そりゃ、苦しい思い出だけど、仲間にあんなに気を遣われると……俺のほうが苦しくなる！　だから、もっとフランクにいこうぜ？　俺たち、仲間だろ？」

責めるようにトップに言われ、一心は目を丸くして言葉をなくしていた。

つまるところ、トップは拗ねているのだ。一心がトップのことを大事に扱いすぎて、どこかで心の壁が出来ているように感じているらしい。

「なんかこういうの、改めて口にするのって、かっこわりぃかなと思うんだけど、やっぱ言わねぇと伝わらねぇよなって思って…………。その、一心が本当に行きたいところ、教えてくれよ」

口をとがらせつつも、上目遣いに聞かれて、一心は心臓を射貫《いぬ》かれる。

まさかそんなふうにトップが思ってくれていたとは。じわじわと体全体に喜びが広がり、いまにも倒れそうなのを、一心は持ち前の筋力で必死に堪《こら》えた。

「タチアナが言ってたじゃん？　本当はどこかショッピングに行きたかったんじゃねぇの？」

「あ……それは…………」

一心を満たしていた喜びの波が、引き潮のように引いていく。

今回のお出かけを、トップが喜ぶものにしようとしたのは本当だ。

けれど、心のどこかで当初の目的であったショッピングを避けていたのも事実なのだ。

なぜなら、一心が目をそらしたい事実と向き合うことになってしまうから。

一心は心を落ち着かせるように、息をはいた。

トップはかっこ悪いと思いつつも、正直に気持ちを話してくれた。ならば、それに応《こた》えるのが、筋というものだ。

「……ショッピングに行く、勇気が出ないんだ」

「なんで？　買い物に勇気っているのか？」

「…………似合わない服だってわかってるのに、お店に入るのは勇気がいるよ」

大きな体を小さくして、一心は言った。

もしも自分がジュイスのようなすらりとした美人だったら、きっと喜んでショッピングに行っただろう。きっとどんな服だって着こなせてしまうから。

けれど自分は――自分では、憧れの服が似合わないことを己《おのれ》が一番知っている。

なにより、二メートルを超える恵まれた体格では、洋服のサイズが極端に少ない。

自分に似合う服などないという事実を突きつけられてしまうのだと思うと、どうしても勇気が出ない。

「だからずっとショッピングは避けてきていて……情けないなと、自分でも思うんだけど……」

一心はいたたまれなさを隠そうと、わざと作り笑いを浮かべて顔を上げた。するとトップは腕組みをし、悩むように眉間《みけん》に皺《しわ》を寄せて目をつぶっていた。

「トップくん？」

呼びかけてもしばらくは沈黙が続いたが、ようやくトップの中で答えが出たのか、彼はパチリと目を見開くと、言った。

「………それってさ、俺が一緒でも勇気出ない？」

「へ？　……ええ!?」

言葉の意味が脳に達するまでに、しばし時間がかかった。それほどに、トップの提案は一心の想定外だった。

トップとならば、お店に入る勇気が出るかと問われれば、答えは当然のことながら「勇気は出ない」である。むしろ、トップだからこそ、似合わない服を着た自分を見られたくない。

なのだが、それを素直に打ち明けるのは、トップの厚意を踏みにじるようではばかられた。

一心がオロオロと返事に窮《きゅう》していると、トップは言った。

「俺たちはさ、これ以上なにも否定する必要ないと思うんだよね」

真面目な顔で一心を見つめている。

「似合わなくても、好きなら着たらいいじゃん。着たいものを着て、好きなものは好きで、楽しめばいいと思うぜ？　自分で自分を否定すんなよ。否定するのは、能力だけでもう十分だろ？」

どこまでもまっすぐな眼差《まなざ》しが、一心の胸の扉を叩《たた》く。

一心の鼓動がどくんと主張するように跳《は》ねた。傷つくことを恐れ、ずっと昔に捨てたはずの〝期待〟が芽生えた合図だった。

「………でも、きっと似合わない」

それでもつい、口から出たのはネガティブな言葉だ。

けれどトップはすぐに「んなの、わかんねぇじゃん」と反論した。

「着てみたら、イメージ変わるかもしれないぜ？」

ニッと笑うトップに、一心もついには微笑んだ。

チャレンジしたいと思った。タチアナの言うとおり、ふたりならチャレンジできるかもしれない。

それに。

「……もしも、似合わなかったら、ふたりで笑えばいいよね」

笑い話にすれば、きっと乗り越えられる。そう思って言った一心の言葉だったが、

「笑わねぇよ、絶対！」

トップはきっぱりと否定した。

それからは時間との闘《たたか》いとなった。

一心の休暇は残すところ七時間あまり。ジェット機に飛び乗り、まっすぐに日本へと向かう。

移動による時間ロスは痛いところだが、一心が着たいと思っていた服が日本でしか販売していないブランドなのだから仕方がない。ここまできて好きなものに妥協していては、意味がないのだ。

移動時間も有効に使おうと、ミコに連絡をとった。

事情を話し、自分の好きなブランドで自分のサイズがあるのか、それはどこで見ることができるのかを調べてもらうことにしたのだ。

当初、一心はミコに連絡をとるのを渋った。プライベートなことでミコの時間を邪魔するのは申し訳ないと思ったのだ。

けれどトップが「一心はもう少し仲間を頼ってもいいと思うぜ」と言うので、ここでも勇気を出すことにした。

サイズの話をするのは恥ずかしかったが、それでも震える声でミコに依頼をすると、一心の想いとは裏腹にとても楽しげな反応が返ってきた。

「条件があるほうが、調べ物って楽しいんだよね～」

ミコは嬉々《きき》として通信を切ると、一時間もしないうちに電子メールで調査結果を送ってきてくれた。

メールによると、残念なことに、一心が気に入っているブランドでは着られるサイズはやはり作られていないが、最近できた姉妹ブランドが大きいサイズ展開もはじめており、そこでならば試着して購入できるはずだ、とのことだった。メールには報告以外にも洋服のサンプル画像が添付されており、文末には「頼ってくれて、ありがと～！ リフレッシュできた～」とミコの私信が記《しる》されていた。

まさか自分が着られるサイズの服を揃《そろ》える店があるとは。いつも諦めていた自分では、きっと見つかることはなかっただろう。一心は仲間の協力に感謝しながら、サンプル画像を丹念に見つめていった。

「どうなんだ？ 好きそうなやつ、ある？」

トップに尋ねられ、一心は資料から顔を上げると、にっこりと笑う。

「うん！ これとか……いいなぁって思ってる」

そう言ってトップに見せたのは、オフショルダーのフレアワンピースだ。

「へぇ、こういうのが好きなんだ？」

「う、うん……」

一心はドキドキしつつも頷いた。自分とはかけ離れたイメージかな、と不安になる。

だが、すぐにその考えを打ち消した。

トップならば、そのようなことは気にしないはずだ。

「に、似合うといいなって、思ってる……」

照れつつも言う一心に、トップが明るい笑《え》みを浮かべた。

「じゃああとは、時間内に買えるかだな。まぁ、いざとなれば俺が一心をおぶって走れば絶対間に合うと思うけど……」

「!?」

その後、日本につくまでの移動時間は、トップの提案を丁重《ていちょう》に辞退することと、日本の公共交通機関の運行の正確さを信じて、目的地までの乗り換えシミュレーションを徹底的に繰り返すことにあてられたのだった。

シュウウウゥ

組織《ユニオン》に戻ってきた一心とトップを、タチアナが迎えた。

「おかえり！　その様子だとリフレッシュできたようね！」

ショッパーを片手に三個ずつ持った一心を見て、タチアナが明るい声をかける。

「うん……！　タチアナちゃんのおかげで、すごく楽しかった。ありがとう」

「こ、これぐらいどうってことないわ！　私たち、仲間だもの！　当然のことよ！」

ずっと他者と触れ合うことを避けてきたために、仲間からの「ありがとう」にまだ慣れないタチアナは、照れ隠しをするように球を回転させた。そのとき、トップが視界に入り、

「あら……」と声を漏らした。

「トップは何も買わなかったの？　せっかくなら一緒に買い物でもしてくればよかったのに」

「んー？　別にほしいものはなかったかなぁ……」

トップの返事に、一心は気になっていたことを尋ねた。

「そうなの？　試着したランニングシューズ、とても気に入っていたように見えたよ

「……？」

　それは、一心の買い物が終わり、戻ろうとしたときに見かけた靴屋でのことだ。

　トップがとあるシューズを気にしている様子を一心は敏感に勘づき、試着を勧めた。

　真夏の太陽のような黄色のラインが入ったシューズは、トップにとても似合っていたし、トップ自身も「履《は》き心地がいい」と満足げな様子だった。

「でも、俺の場合、一度走るとすぐシューズをダメにしちゃうからな。気に入ったのはあえて履かないようにしてんだ。いざというとき、ブレーキがかかると困るからさ」

「そうだったんだ……」

「たしかに普通の靴じゃ、不停止【UNSTOPPABLE】の衝撃には耐えきれないわよね」

「そーゆーこと。でも、一心のお出かけのおかげで俺もリフレッシュできたし、楽しかったぜ、一心！」

「こ、こちらこそありがとう！　すごく……すごく楽しかった……！」

　ありがとう、という感謝の言葉では足りないくらいすてきな時間だった。思い返すだけで、胸がドキドキする。

　もっと感謝の気持ちが伝えられたらいいのに……と一心が残念に思ったとき、ふと思い浮かぶことがあった。


数日後、トップは一心の作業場を訪れた。

任務の合間に寄ってほしいと一心から連絡があったのだ。

やってきたトップに一心は珍しく自分がいま取りかかっている仕事を見せた。

「これね、防火壁を強化しているんだ」

作業場の台の上で、デカデカとした存在感を示す防火壁を一心が撫でた。

「へぇ、これが。こないだ買い物に行く前もそれに取りかかってるって言ってたよな?」

「うん。でもね、やり方を変えたんだ」

一心はこれまで、防火壁を〝不壊〟にするために、一から作り直そうとしていた。より強い防火壁は必要には違いないが、どうしても作るのに時間がかかってしまう。そこで発想を変え、現状の防火壁に〝不壊〟をコーティング剤として塗ることを考えたのだ。

完璧《かんぺき》な防火壁にするには少し弱いかもしれないが、それでも以前よりは強度はます。

次に不滅【UNRUIN】ことルインたちが侵入してきても、時間は稼げるはずである。

いつ襲撃があるかわからないのならば、少しでも早く準備を済ませることのほうが大事だと判断したのだ。

「へー、〝不壊〟をコーティングするなんてよく思いついたな」

「うん。実はトップくんのことを考えてたら、このやり方もあるなって」

「え？　俺？」

トップが驚いたように目をぱちぱちと瞬かせた。

一心はにこりと笑うと、棚に置いてあった箱を手に取った。

一心の手より少しだけ大きい、長方形の紙の箱だ。一心が蓋《ふた》を開ける。

「え、それって……」

トップの目が大きく見開かれた。

その紙箱に入っていたのは、トップが気になっていたランニングシューズだった。

「あの日、トップくんが言ってくれたでしょ？『自分で自分を否定すんなよ』って。だからトップくんにも、トップくんの好きを否定してほしくなくて」

「あー……でも、俺の場合はすぐシューズダメになるから……」

「うん、わかってる。だから、私なりにどうにかできないかって考えて、靴底に〝不壊〟をコーティングしてみたんだ」

「え、この靴に!?」

「うん。コーティング剤のせいで滑らないように、薄く吹き付けたから、走りやすさは守られているはずだよ。ニコさんにも強力してもらって耐久テストもしたし、トップくんの走りに耐えきれるはず。……使ってみて」

トップは靴を受け取ると、早速履いた。

あの日、試着したサイズと同じものを取り寄せたので、シューズはトップの足にぴったりだった。

トップはシューズを履いたまま、その場でぴょんぴょんと跳ねた。シューズの履き心地を確認しているようだ。

やがて、こみあげてくる喜びを顔いっぱいに広げて、トップは一心へと振り向いた。

「ありがとうな、一心！　俺、またお気に入りのシューズで走ることはないだろうって思ってたから、すっげー嬉しいよ！」

「……私も喜んでもらえて、嬉しい」

喜ぶトップの笑顔を、一心はまぶしそうに見つめた。

「じゃあ、今度はこれ履いてどっか行こうぜ！　一心も買った服、着て行くだろ!?」

まぶしすぎるほどの笑顔でトップからのデートのお誘いを受け、一心はその笑顔を胸に刻みつけて——今度こそ気を失ったのだった。

Ep.004《エピソード》
デートする！

黙示録《アポカリプス》の課題《クエスト》成功によって得た報酬、「不治の所在地」。その場所はブラジルだった。

新たに加えられた円卓の十一席目を埋めるためにも、不治【UNREPAIR】を仲間に加えるべく不死【UNDEAD】ことアンディと不運【UNLUCK】こと出雲風子《いずもふうこ》は彼《か》の地へと飛んだ。

不治と接触するためには黒競売《ブラックオークション》への潜入が必要であり、風子は〝アンディのセンス〟と〝己《おのれ》の羞恥心《しゅうちしん》〟の板挟みによる激闘の末にドレスを選ぶことに成功。その後、不可触【UNTOUCHABLE】ことタチアナとも合流し、競売が行われる客船の出航時間まで組織《ユニオン》が用意したホテルで過ごす——予定であった。


改めて予定を確認した風子は、困っていた。

ホテルで過ごすことに問題はない。ただ、黒い鉄球〝球《スフィア》〟に包まれた少女タチアナを、どうやってホテルの部屋へ連れていくか、悩んでいた。いくらなんでも堂々とロビーを通れるわけがない。だが手荷物と言い張って持ち込むには、球は大きすぎる。

かといって、見つからないように別行動をとるのは、友達をのけ者扱いするように思えて、なんだが気が進まないのだ。

組織《ユニオン》はどういうつもりでホテル待機と決めたのだろうか。風子が悶々《もんもん》と悩んでいると、隣に立っていたアンディが言った。

「よし、デートだな」

「え？」

突然の発言に風子は理解が追いつかず、ぽかんとアンディを見上げる。

ついさきほど合流したタチアナによって押しつぶされた体はすでに回復しており、アンディは何事もなかったかのように口の端を上げて笑っていた。

アンディは「聞こえなかったか？」と言うと、今度は背を曲げて風子をのぞき込むようにして、口を開いた。

「時間があるなら、デートしようぜ、風子」

「デート!?　私とアンディが!?」

ようやく言葉の意味を理解できた風子がぽっと顔を赤らめる。

長らく引きこもり生活をしてきた風子にとって、デートは憧れのイベントのひとつだ。その単語を聞いただけで、愛読書の『君《きみ》に伝《つた》われ』で読んだデートエピソードが次々と頭の中を駆け巡る。

けれども。

「……黒競売《ブラックオークション》もあるし、休んでおいたほうがいいんじゃない？」

風子はさりげなさを装って、アンディから一歩身を引いた。

デートへの憧れはある。それこそさきほど一瞬で頭を駆け巡った『君に伝われ』のデートエピソードの台詞《せりふ》を一字一句間違えることなく言えるぐらい、憧れている。

だが、いざ自分の身にそれが起こるとなると、心にストッパーが働いてしまう。

私なんかがおこがましい……！

という、妙な恥じらいが生まれるのだ。

「まずはホテルに戻ろうよ。えっと……どっちだっけ？」

気が進まないながらもホテルへ向かって歩きだした風子であったが、ふいに腕を摑《つか》まれてあやうく転びそうになった。

風子の腕を取ったのは、当然ながらアンディである。

「却下《きやつか》だな」

「へ？」

「デートに行く」

「ええ？　でも……」

「どうせお前のことだから、なんだかよくわからん遠慮をしてるんだろ？」

「…………」

沈黙は肯定だと判断したのだろう。アンディは軽いため息をつくように息をはくと、言った。

「なんなら、お前が納得する理由を用意してもいい」

「納得する理由って？」

きょとんとする風子の耳元にアンディは顔を寄せた。

「デートで、お前をもっと俺に惚《ほ》れさせる」

「ひゃぁ!?」

言い聞かせるようにささやかれ、風子は飛び上がりそうになる。しかし、片腕をアンディに摑まれているので身動きがとれない。

顔を赤らめていく風子をアンディは満足げに見つめた。

「好感度を上げていけば、より強力な不運が生まれる可能性があるだろ！　そうなりゃ、俺たちは無敵だ。競売の準備として最適だろ？　どうだ、納得できたか!?」

「くっ！　理屈としては正当だけど、なんか心が納得しづらい……！」

「なんでだ？　お前こそ思い出せよ。さっき言ってくれただろ、俺にまた何かがあっても何度だって助けるって。そのために必要なのはなんだ？」

風子は自由のきく片手で顔を覆った。顔から火が出るほどの恥ずかしさがこみあげる。

アンディに言ったことはもちろん覚えている。だが、それを改めて聞かされると、ダメージが大きい。

そんなとき、ふいにある人の言葉が思い出された。

『もっともっと彼を好きになってくれないか？』

この作戦に入る前に組織《ユニオン》のボスであるジュイスに言われたことだ。

そして、黒競売《ブラックオークション》に潜入するためのドレス選びの大葛藤《かっとう》に終止符を打った言葉でもあった。

一度はあの言葉を信じると決めたのだ。ならば、ここでもためらっていては意味がない。

風子は再び腹をくくった。

心の中で「口説《くど》かれるのも仕事」と十回念じたあと、ぐっと顔を引き締める。

「わかった、デートする！」

「そうこなくちゃな」

アンディはニヤリと笑うと風子を掴んでいた手を放す。

「ちょっと待ちなさいよ」

と、待ったをかけたのは、ずっと静観していたタチアナだ。

「なんだ、タチアナ」

「『なんだ』じゃないわよ。私だって風子とデートがしたいわ！」

タチアナは胸を張るように、むんっと球をそらす。

「もちろんだ、三人でデートだ」

よどみなく答えるアンディの姿に、風子は彼の本当の思惑《おもわく》が見えた気がした。

もしかすると彼は、風子がタチアナを連れてホテルに入るにはどうしたらいいかを悩んでいるのを察して、それを解決するためにデートを提案してくれたのではないだろうか。

デートであれば、ホテルに戻る必要もない。人目が気にならない場所を選べば、タチアナにも伸び伸びと過ごしてもらえる。

風子は胸の奥があたたかくなるのを感じた。

「そうだね、三人でデートって楽しそう」

風子がアンディの意見に同意する。

しかし、タチアナは違ったようだ。

ビシィッとロボットアームを突きつけ、絶対に譲らないという意思がありありと表れた声で彼女は言った。

「前提を間違えないで！　私と風子がデートで、ゾンビはオマケよ！」

そしてそれを言われたアンディは、押しは強くても、引くことをいとわない性格で。

こうして、タチアナと風子のデートにアンディが付き添うという体裁《ていさい》が誕生したのだった。


風子とタチアナの初デート（オマケ付き）は、ナイトダイビングに決まった。

「せっかくのビーチだ。水着買って遊ぼうぜ！」

と、アンディが言いだしたので、風子が水着として露出の少ないウェットスーツを選んだのがきっかけだ。

さすがのタチアナも「それは水着と言わないのでは……」と口を挟みかけたが、すべてはアンディのこの一言で片付いた。

「いいね!!　最高だ！」

タチアナが組織《ユニオン》に連絡を入れると、あっさりと許可が下り、さらには沖合まで船を出してもらえた。

そのうえ、はじめて潜る風子のために、ラボメンバーから特製ボンベつきマスクまでもが届いた。初心者でも手軽に潜れるものらしい。

「至れり尽くせりだ……。なんだか悪いなぁ」

海上を滑るように沖合へと移動する船の甲板《かんぱん》で風子がつぶやくと、タチアナがふふっと笑った。

「気にしなくていいわよ。きっとミコが作った試作品だもの。むしろ使い倒して、使い心地を伝えたほうが喜ぶと思うわ」

「そうなんだね。じゃあ、いっぱい使っていっぱい感想言うね。あと、大急ぎで送ってくれたこともちゃんとお礼言いたいな」

そう話しているうちに、船が静かにエンジンを止めた。

「スポットについたぞ」

船室からアンディが姿を現す。ちなみに船の移動中はタチアナに配慮してか、ずっと船室にこもっていたアンディである。

「わぁ……ほんとなにも見えないね」

風子が船から海をのぞき込んだ。

船の照明が照らす部分だけは海面が見えるが、それ以外の海はまさに漆黒《しっこく》の闇《やみ》だ。

「海の中でも、ライトがなけりゃ上下の感覚も消えるほどの暗さだ。もし怖いと思ったら浮上しろ。ミコのボンベつきマスクに、緊急用に浮き上がるシステムがついてるの、聞いてるだろ？」

アンディに言われて、風子はこくこくと頷《うなず》いた。

「わかった！　気をつける」

「よし、良い返事だ」

アンディはニッと笑う。その服装が風子の目の前で飛び散り、一瞬で水着姿に変わった。

もちろん一瞬ではあったが、アンディの裸を目撃してしまった風子は「ぎゃっ！」と小さく悲鳴をあげた。

その声に、アンディが心外そうな顔をする。

「ぎゃってなんだ、ぎゃって」

「だって！　まさか目の前で着替えると思わなかったから！」

「海に入るんだ。着替えるのは当たり前だろう？」

「だったら、船室で着替えておきなさいよー！」

正論と共にアンディにげんこつを食らわすのは、タチアナのロボットアームだ。

「まったくデリカシーがないんだから。風子、海に入りましょう！」

「う、うん……」

タチアナが海に静かに入っていくのに続いて、風子も船からのはしごを下りて、海へと入る。

ウェットスーツに包まれていない手足が、水の感触をダイレクトに伝えてくれた。

首だけを海面から出し、全身に感じる水とふわふわと体の浮く感じに風子は思わず笑《え》みが漏れた。

「気持ちいい……」

「風呂じゃねぇぞ」

「わ、わかってるって！」

背後から聞こえた声に、振り向きながら言い返す。いつの間にはしごを下りてきたのか、そこにはアンディがやはり海面から顔を出して浮いていた。ちなみに照明のおかげで見えるアンディの首下は素肌である。

アンディは風子とは違い、下半身のみのウェットスーツを着用していた。

「その格好で寒くないの？」

風子が尋ねると、アンディは首を振った。

「寒さを感じるような水温じゃない。これぐらいの温度なら、このスタイルのほうが気持ちいいし、動きやすくていいんだ」

「よく泳ぐの？」

「溺死《できし》できないことがわかってからは、逆に泳ぎ方を徹底的に研究した。時間だけはあったからな」

「アンディってほんといろんなこと出来るよね……」

「お前がそれを言うか？」

「え？」

「お前を口説いて惚れさせるのが、まだ出来てないだろう？」

「!?」

不意打ちで食らった告白に、風子は思わず固まる。

体温が急上昇していくのを感じ、自分のまわりの水温だけ異常な速度で上がっているのではと心配してしまう——ことが、現実逃避のひとつだと頭の隅で理解するほど狼狽《うろた》えた。

「あ、あ、え……」

言うべき言葉が見つからず、ただ意味のない音だけを口にする風子を楽しげに見つめていたアンディだが、風子がまばたきした瞬間に海中に姿を消した。

「アンディ!?」

ドプンッと沈んだアンディは、次に海上に顔を出すと珍しく怒った声をあげた。

「タチアナ！　いきなり足を引っ張るな！　あぶねぇだろ！」

「オマケはオマケらしく、静かにしていなさいよ」

風子を守るようにアンディと風子の間に割り込んできたタチアナが冷たく言う。どうやらロボットアームを伸ばしてアンディの足を掴み、海中へ引きずり込んだようだった。

「今日は私と風子のデートなの！　デート内容は受け入れてあげたんだから、他は譲りなさいよ」

「ったく……。わかった。今日の俺は保護者に……いや、オマケに徹する」

タチアナの複数のロボットアームがいっせいに自分のほうに向けられたのを見て、アンディが言い直す。

「さ、風子行くわよ！　私の新しい機能も見せてあげる！」

タチアナが誇らしげに言うと、カチリと機械音が鳴った。

次の瞬間、タチアナのレンズから、周囲を照らすほどの明るい光が放たれる。

「サーチライトモードよ！　これで夜の海でもよく見えるわ」

「すごいね、タチアナちゃん！」

「夜のほうが動きの活発な魚もいる。じっくり見て回ろうぜ」

「だからあんたはオマケ！」

今度は大きな音をたてて、アンディは再び海に沈んだ。


タチアナのサーチライトに照らされた海中は、まさに別世界だった。

無数の魚たちが優雅に、ときには群れをなして泳いでいく。

地上とは違う世界に目を奪われ、どれだけ見ても飽きることがない。

なにより、その感動を分かち合える友達がいることが嬉《うれ》しかった。

「風子、見た!?　いまの魚、とってもきれいな色をしてた！」

「うん！　まるで宝石みたいな色だったね！　あ、あの魚、胴が長い！　すごい！」

「ほんとながーい！」

風子とタチアナは目に映る世界の美しさと楽しさをすべて共有するように、はしゃいだ声をかけ合った。

ミコ特製のマスクが特殊性能を発揮したおかげで、水中での会話も、さらには深く潜ることも可能にしてくれていた。

少し深く潜れば視界はまた一変し、岩場に揺れる海藻やイソギンチャクがたくさん生息する様子も見ることができた。

アンディは、タチアナと風子を離れた場所から見守っていたのだが、タコがタチアナの球に張り付いたとき、動揺するタチアナを雑になだめつつ、タコを取り除いたことがきっかけで、一緒に行動することが許された。

そして遊びはじめて一時間たった頃、

「そろそろ海からあがろう」

と、アンディが提案した。

「えーっ！　……でも、仕方ないわね。このあと任務があるんだし」

タチアナが渋々ながら了承する。

「風子もいいか？」

「うん。すごく楽しかった！」

風子が心からの感想を言うと、アンディも満足げに頷く。

三人は名残惜《なごり》しさを感じながらも、水面に顔を出した。

少し離れた場所に浮かんでいた組織《ユニオン》の船が、ライトを照らして三人を迎えてくれる。風子たちの周囲の海面が光を反射し、きらきらと光った。

風子は最後の思い出にと、海面から水中をじっと眺めた。

水深が深くなるにつれ、光が届かず、海の色がグラデーションのように変わっていく。

思わずため息が漏れた。

「きれい……。今日のこと、一生わすれないな」

「私もよ」

つぶやいたつもりが、タチアナには聞かれていたらしく、思いがけない返事に風子はタチアナと顔を見合わせてふふふと笑い合った。

そのときだ。

「なんだ、あの影は……」

アンディがいぶかしげな声で言った。

風子は警戒心もないまま、アンディが見つめる先へ顔を向けた。

光のない暗い海から波の音だけが聞こえる。

だが、その波音がこれまでの音とはなにかが違った。

「まさか……！」

アンディが切羽詰まった声を出した、次の瞬間。

激しい奔流《ほんりゅう》に三人は巻き込まれ、飲み込まれた。


はじめは海流の渦に巻き込まれたのかと思った。

だが体にぶつかる感触は海水のそれとは違っていた。

あまりの激しい勢いに風子はアンディに手を伸ばすこともできない。

できることと言えば、呼吸だけは確保できるよう、特製マスクをぐっと嚙《か》みしめることだけだった。

そしてどれぐらい激流に流されたのだろうか。

流れが落ち着いたのを感じ、風子は自分がどうにか難を逃《のが》れたことを知った。

流される途中で、奔流の正体を知ることはできていた。

イルカの群れである。

夜になり活発になったイルカの群れの移動に巻き込まれ、風子はアンディたちと離ればなれになってしまったようだ。

風子はあたりを見回した。

だが、それは徒労に終わる。

目を開けているはずなのに、なにも見えないのだ。風子はいま、闇に包まれていた。

上も下もわからない浮遊感だけが海の中にいることを教えてくれている。

ぞくりと背中が凍った。

特製マスクのおかげで息はできているが、イルカの群れから解放された場所は、組織《ユニオン》の船からもだいぶ離れているようだ。

風子は思わず強く目を閉じた。助けを求める思いが、口から漏れる。

「アンディ……！」

無意識に呼んでしまった名前に、自分でも驚いてしまい、思わず目を見開いた。

相変わらず周囲は闇だ。だが、アンディの名を呼んだおかげで、彼が言っていたことを思い出すことが出来た。

「もし怖いと思ったら浮上しろ」

風子は特製マスクのサイドにセットされているボタンを押す。すると、小さな電子音が鳴り、なにか小さな物が射出された。

それはブイのようなものらしく、ブイは光を発しながら風子の足先のほうへと進んでいく。どうやら、そちらが海上のようだ。

ブイから伸びる細いロープを頼りに、体の向きを変えて風子は泳ぎだした。

しばらく泳いでいると、頭上に明かりが見えてきた。

もしかしたら組織《ユニオン》の船かもしれない。

風子は期待に胸を膨《ふく》らませ、ぐっと泳ぐ足に力を込めた。

しかし海面が近づくにつれて、違和感を覚えはじめる。タチアナたちと遊んでいたときに海中から見上げた船の照明と、明らかに様子が異なっているのだ。

いぶかしく思いながらも、まずは浮上することを心がけて、ついには水面に達した。

「ぷはぁっ……あ」

ようやく外の空気を吸った風子は、眼前の景色に目を疑った。

暗い夜だと思っていたのに、空には月と星が輝いていたのだ。

月の静かな明かりが海を照らし、船の照明にはほど遠いが、視界に困るような闇夜を打ち消している。

「月って、こんなに明るかったんだ……」

手足の力を抜き、仰向《あおむ》けになって夜空を見上げた。

引きこもりだった風子は、月の明かりだけで世界を眺めるのははじめての経験だった。

銀色の光が海に注《そそ》がれる光景は美しかった。

以前は月を見上げると、ひとりぼっちで寂《さび》しそうに見えた。

けれど今は月のまわりに星が輝いていて、印象が違って見える。

罰《ペナルティ》として追加された、ＵＭＡ《ユーマ》・銀河《ギャラクシー》のせいだ。

けれど。

「罰《ペナルティ》って、そんなに悪くないのかも……」

風子は夜空を飾る星々を見上げてつぶやいた。

ジュイスが言っていたとおり、「人類を滅亡に導く理《ルール》」のひとつかもしれないが、彼女が侵略者を撃退したおかげで、いまはその脅威はない。

理《ルール》が悪用されなければ、罰《ペナルティ》ともうまく付き合っていけるかもしれない。

そんなことを考えているうちに、風子はくすっと笑ってしまった。

ついこの前まで家に引きこもり、死ぬことばかりを考えていた自分が、世界の理《ルール》について考えているなんて。

彼と出会ってから、すべてが変わった。環境だけでなく、自分自身も。

けれどそれは、怖いことでも、嫌《いや》なことでもなく、むしろ……。

「……アンディ？」

風子ははっとして、仰向けから立ち泳ぎの体勢に変える。

周囲を見回してみるが月明かりで見える範囲に、もちろん彼の姿はなかった。

「気のせいかな……声が聞こえた気がしたんだけど……」

それでも念のためと思い、今度は耳を澄ます。

耳には、波の音と風の音だけ届いてくる。

「風子ー！」

微《かす》かに聞こえた声を、風子の耳がとらえた。

反射的に声が聞こえたほうを見遣《みや》ると、明かりが見えた。続いて、船が波をかきわけて進む音がし、それは徐々に大きくなっていく。

「風子〜〜〜！　よかった、すっごく心配したんだよ！」

船にあがった風子の手をタチアナが泣き声をあげてぎゅっと握った。

「心配かけてごめんね。でも、見つけてくれてありがとう」

「礼ならミコに言うんだな。お前が浮上用スイッチを押したおかげで、ＳＯＳ信号が自動的に発信されたんだ」

アンディが、風子のかたわらに置かれた特製マスクを指さして言った。

「そうだったんだ……。けっこう離れた場所に流されたと思ったんだけど、すぐ見つけられるなんて、さすがユニオン特製マスクだね」

風子は感心し、改めてそれを見つめた。

「ああ、それに関してはマスクよりもゾンビの功績ね」

「え？」

風子は意味がわからず、タチアナを見つめた。

「ゾンビがね、操舵手《そうだしゅ》から舵《かじ》を奪って、直接船を操縦したの。ものすごいスピードだったから、みんな船にしがみついたのよ」

「え？　アンディが？　舵を奪って？」

風子は目を丸くしてアンディを見つめた。

当のアンディは不思議そうに首をかしげた。

「驚くことか？　唯一の連絡手段であるＳＯＳ信号がキャッチできたなら、急ぐのが当たり前だろ？」

「う、うん……。ありがとう、アンディ」

風子の胸があたたかく満たされていくと同時に、そわそわと今までに感じたことのない想《おも》いに占められていく。

「今日のことでよくわかった。風子、着替えても組織《ユニオン》の証《エンブレム》を絶対持っとけよ。なにがあるかわからないからな」

「あ、うん。そうだね、これからは気をつける」

忘れそうになっていたが、今日はこれから黒競売《ブラックオークション》があるのだ。

「今日の黒競売《ブラックオークション》……………最後の準備、できたと思う」

風子が照れつつも言うと、アンディは一瞬目を丸くしたが、すぐにニッと口の端を上げて笑った。

「最高だ」

いつだって風子の不安を吹き飛ばすその笑顔を見て、風子は思う。

——アンディに出来ないことなんて、きっとないよ。

■初出
アンデッドアンラック ロマンチックな否定者の休日　書き下ろし

[アンデッドアンラック] ロマンチックな否定者の休日

2023年10月9日　第1刷発行

著　者／戸塚慶文 ◉ 平林佐和子

装　丁／山本優貴〔Freiheit〕

編集協力／長澤國雄／佐藤裕介〔STICK-OUT〕

編集人／千葉佳余

発行者／瓶子吉久

発行所／株式会社　集英社

〒101-8050　東京都千代田区一ツ橋 2-5-10
TEL　03-3230-6297（編集部）03-3230-6080（読者係）
03-3230-6393（販売部・書店専用）

印刷所／TOPPAN株式会社

Printed in Japan　ISBN978-4-08-703538-4 C0293

検印廃止

否《ひ》定《てい》者《しゃ》。
これは運命《うんめい》に抗《あらが》い続《つづ》ける者《もの》たちの物語《ものがたり》——。
前《ぜん》代《だい》未《み》聞《もん》の"否《ひ》"王《おう》道《どう》